世界で一番かわいそうな私たち

第一幕

綾崎 隼

講談社
タイガ

イラスト――ワカマツカオリ

デザイン――坂野公一（welle《ヴェレ》 design《デザイン》）

目次

☆登場人物

★静鈴荘で暮らす大人たち

佐伯《さえき》　道成《みちなり》――二十五歳。教師。主人公。

舞原《まいばら》　杏《あんず》――三十一歳。教師。

舞原《まいばら》　詩季《しき》――二十七歳。小説家。杏の夫。

笹塚《ささづか》　亮子《りょうこ》――十九歳。大学一年生。

★静鈴荘で暮らす子どもたち

三好《みよし》　詠葉《うたは》――高校二年生。瀬戸内バスジャック事件の被害者。

鳴神《なるかみ》　幹久《みきひさ》――中学二年生。

安川《やすかわ》　大和《やまと》――中学二年生。

蓮野《はすの》　翼《つばさ》――小学六年生。

三浦《みうら》　咲希《さき》――小学四年生。

★静鈴荘に通う子どもたち

高塚《たかつか》　秀明《ひであき》——高校一年生。

岡本《おかもと》　淳奈《じゅんな》——高校一年生。

岩瀬《いわせ》　知香《ちか》——中学三年生。

エリカ・オルブライト——中学三年生。

山形《やまがた》　努《つとむ》——中学一年生。

岩瀬《いわせ》　奏斗《かなと》——小学六年生。知香の弟。

島田《しまだ》　裕貴《ゆうき》——高校一年生。

★静鈴荘以外の登場人物

戸川《とがわ》　龍之介《りゅうのすけ》——高校一年生。裕貴の親友。

野中《のなか》　靖子《やすこ》——裕貴と龍之介の担任。

宇井《うい》　善之《よしゆき》——編集者。

高塚《たかつか》　美佐絵《みさえ》——静鈴荘のOG。秀明の姉。

世界で一番かわいそうな私たち

第一幕

序幕

残夏の悲鳴

1

一九六八年、十二月十日。午前九時二十五分。

日本犯罪史に刻まれる事件が、東京都府中《ふちゅう》市で発生した。

東京芝浦電気《とうきょうしばうらでんき》従業員のボーナスが、現金輸送車ごと偽者の白バイ隊員に奪われた、所謂《いわゆる》『三億円事件』である。被害金額は現金強奪事件として当時の最高金額であり、貨幣《かへい》価値を考慮すれば、現在でも日本最高額に違いなかった。

劇場型犯罪でありながら完全犯罪でもあった『三億円事件』は、以降も長く語り継がれる。謎が謎を呼び、事件をモチーフとした小説、映画が多く制作されたのも、それが弩《ど》級《きゅう》の未解決事件だったからだろう。しかし、二十一年後の夏、人々の認識は次なる犯罪によって塗り替えられることになった。

一九八九年、八月三十一日。未明。

後に戦後最大の未解決事件と呼称される『瀬戸内バスジャック事件』が発生した。

2

そのバスに乗車していた最年少の少女、三好詠葉《みよしうたは》は、新潟県新潟市に暮らす小学一年生だった。先月、誕生日を迎え、七歳になったばかりである。

単身赴任の父に会うため、詠葉が母と共に東京行きの高速バスに乗ったのは、日付も変わろうかという頃合いだった。

新潟市から出発したバスは、長岡《ながおか》市ですべての乗客を拾い終える。

サービスエリアでのトイレ休憩を経《へ》て、車内の灯《あか》りが消されることになった。

眠りに落ちてから、どれくらい経《た》っていたのだろう。

肩を何度か叩《たた》かれ、目覚めた詠葉が瞼《まぶた》を開けると、一枚の紙が差し出されていた。

紙の表面がペンライトの光で照らされており、

『君《きみ》がしゃべったら、みんな死《し》にます。』

不穏な言葉が、網膜に飛び込んできた。

すべての漢字に振り仮名が振られていたお陰《かげ》で、小学一年生の詠葉でも読むことが出来たが、すぐには文面の意味を理解出来なかった。

このバスは真ん中に通路を挟み、各列に四つの座席が設けられている。詠葉は通路側、母は窓側に座っており、熟睡している母は異変に気付かず寝息を立てていた。

通路に立つ人物は、真っ黒な長袖《ながそで》のパーカーを着用して、フードを深く被《かぶ》っている。フードの脇《わき》から長い髪が垂れており、女の人だと分かった。ただ、マスクと縁《ふち》の太い眼鏡《めがね》をしているせいで、顔立ちや年齢までは判断がつかない。

無理やり起こされたからか、頭が働いていなかった。

状況を飲み込めない詠葉の目の前に、次の紙が差し出される。一枚目と同様、すべての漢字に振り仮名が振られていた。

『ドアの近《ちか》くに爆弾《ばくだん》をしかけました。君《きみ》が言《い》うことを聞《き》かないと、爆発《ばくはつ》して、みんなが死《し》にます。』

爆弾なんて、どうやって持ち込んだんだろう。

そもそもこの女の人は、一体、何者?

疑問に思う詠葉の前に、三枚目の紙が差し出される。

紙の下からナイフの切っ先が覗《のぞ》いていた。

『君《きみ》が指示《しじ》に従《したが》えば、誰《だれ》も傷《きず》つけません。ここまでは理解《りかい》できましたか？　私《わたし》の言《い》うことを聞《き》くつもりなら、左手《ひだりて》を上《あ》げてください。聞《き》けないなら、右手《みぎて》を上《あ》げてください。君《きみ》が右手《みぎて》を上《あ》げた場合《ばあい》、爆弾《ばくだん》を爆発《ばくはつ》させます。』

紙の下から覗くナイフが小刻みに揺れていた。言うことを聞かなければ爆弾を起動する。そんなことを言われたら、選択肢なんてあってないようなものだ。

いつの間にか震え始めていた左手を上げると、紙がめくられる。

『バスを下《お》りるまで声《こえ》を出《だ》してはいけません。君《きみ》が約束《やくそく》を守《まも》れば、誰《だれ》も傷《きず》つきません。しかし、一度《いちど》でも破《やぶ》れば、みんなが死《し》にます。理解《りかい》できたら左手《ひだりて》を上《あ》げてください。』

再び左手を上げると、フードの女は詠葉の頭に手を置き、いい子いい子とでも言うように、優しく撫《な》でてきた。

状況を把握《はあく》出来ない詠葉の前に、五枚目の紙が差し出される。

『親《おや》を起《お》こさないよう静《しず》かに立《た》って、運転手《うんてんしゅ》の隣《となり》まで歩《ある》いてください。それから、運転《うんてん》を邪魔《じゃま》しないように気《き》をつけながら、運転手《うんてんしゅ》が見《み》える位置《いち》に、この紙《かみ》を出《だ》してください。』

今まで差し出されていたのは、手の平サイズのメモ用紙だった。しかし、次に渡されたのは、ノートのような大きさの紙だった。

シートベルトを外し、通路に出ると、フードの女は詠葉の後ろに立った。

深い眠りに落ちている母親が起きる気配はない。詠葉が立ち上がったことに反応する乗客もいなかった。

最前列と運転席の間は、カーテンで仕切られている。あのカーテンをぐって、運転手にこの紙を見せろということだろう。

走行中で足場が不安定だからじゃない。足が震えているのは、恐怖のせいだ。

何に巻き込まれているのか、何をさせられようとしているのか、想像もつかない。

母に助けを求めたかったが、声を出したら爆弾を起動すると脅されている。

どんなに怖くても、訳が分からなくても、従った方が良い。そんな気がした。

今は何時なんだろう。乗客はまだ皆が眠っている。

カーテンを手で避け、運転席の隣に立つと、左のコーナーに、上部が赤く点滅する箱が置かれているのが見えた。

「お嬢さん、どうしました？」

チラリとバックミラーに目をやってから、運転手が穏《おだ》やかな声で尋《たず》ねてきた。

思わず固まってしまった詠葉の背中が、後ろから軽く押される。

首筋にフードの女の気配を感じながら、渡されていた紙を運転手が見える位置に掲げると、そこにペンライトの光が当てられた。

『バスに爆弾をしかけました。安全な路肩にバスを停めてください。』

再度、運転手がバックミラーに目をやった次の瞬間、後ろから伸びてきた手が、ミラーをねじ曲げて角度を変えた。

首を右に向けると、運転手の横顔に恐怖の色が浮かんでいた。

しばし硬直したように前方を見据えてハンドルを握っていた運転手だったが、やがて分かったとでも言うように、二度、三度と頭を下げる。

トントンと肩が叩かれ、もう一枚、同じサイズの紙が後ろから差し出された。これも見せろということだろうか。

『指示に従って頂ければ、私は誰も傷つけません。ただし、少しでもおかしな様子を見せたら、この子と乗客の安全は保証できません。』

ぎこちない表情で、再び運転手が頭を下げた。

それから一分もしないうちに、バスは高速道路の路肩に停車する。

運転席には三つのバックミラーが備え付けられていた。ハザードを出してバスが停まると、フードの女は複数ついていたミラーを極端な角度に曲げる。後ろを振り向いてカーテンを開けない限り、運転席からは車内の様子を確認出来ないようにしたのだ。

次々と車がバスを追い越していくが、路肩にもガードレールの外にも人影はない。

フロントガラスの上部に設置されたデジタル時計は、午前三時半を示していた。

フードの女が新しい紙を運転手の隣に置く。今回の紙には、びっしりと文字が書き込まれていた。何が書かれているのか気になったが、漢字が多くて詠葉には読めない。

女は詠葉の動きを制限するように、左肩に手を置いている。触れている首から伝わる手の温《ぬく》もりが不気味だった。

メモを読んでいた時間は三分ほどだっただろうか。

運転手は備え付けられていたマイクを手に取ると、車内アナウンスを始める。

『乗客の皆様に極めて重要なお知らせがあります。席から立ち上がらず、シートベルトを外さずにお聞きください。隣のお客様が眠っているようであれば、起こしてあげてください。子どもが一人、座席から消えていますが、そちらのお子様は人質《ひとじち》として私の隣におります。繰り返します。乗客の皆様に極めて重要な……』

運転手は渡された紙の文面を、そのまま読んでいるようだった。

同じ説明が二回繰り返されてから、新しいアナウンスが始まる。

『これは冗談でも訓練でもありません。お客様の身の安全を守るために、絶対に席を立たずに聞いてください。このバスには現在、爆弾が仕掛けられています』

それが告げられた次の瞬間、カーテンの向こうがざわついた。しかし、そんな状況を予測していたかのようにアナウンスは続く。

『今後、バスから降りるまで一切の会話を禁止します。許可なく席を立つこと、移動することも禁止します。指示を破った人間が一人でも出た時点で、即座に爆弾が起動します。人質となっている子どもの命も、乗客の皆様の命も保証されません』

警告を理解したのか、カーテンの向こうのざわめきがやむ。

『全員がルールに従えば、誰一人傷つくことなく、バスから降車出来ます。難しい要求はありません。ただ、降車の指示が出る時を、席で静かに待って頂きたいだけです。繰り返します。これは冗談でも訓練でも……』

分からない。状況が理解出来ない。

説明が繰り返され、言葉が足されれば足されただけ、頭が混乱していく。

『名前を呼ばれた人からバスを降りてもらいます。荷物を持っていくことは出来ません。手ぶらで降車して下さい。また、前方のカーテンを通るタイミングから、バスを降りるまで、顔を上げることを禁止します。腕を身体《からだ》の前で組み、床を見つめながら速やかに降車して下さい。もしも指示と異なる動きを見せた方がいた場合は、その時点で爆弾を起動させます。再度の注意喚起になりますが、全員が指示に従えば、誰一人傷つくことはありません。名前を呼ばれた方は三十秒以内に降車し、すぐにガードレールの外へ避難してください。夜間で見通しが悪く、高速道路上は大変危険です。降りた後でバスを振り返ることは禁じます。他の乗客を待たずに、速やかにその場から離れて下さい。ここで降車出来るのは成人男性のみです。女性、二十歳未満の男性は、別の場所で降りて頂きます。繰り返します。名前を呼ばれた人からバスを……』

ここでは大人の男の人だけが降りるらしい。

良かった。少なくとも母と離れ離れになることはない。

アナウンスで起こされた母は、すぐに詠葉が隣にいないことに気付いたはずだ。先ほどのアナウンスで娘が人質になっていると知り、心配しているに違いない。

母の顔が見たい。今すぐにでも傍《そば》まで走って行きたかったが、フードの女は、変わらず詠葉の左肩に手を置いたままである。ここから動くなということだろう。

運転手は乗客名簿を取り出すと、最上段にあった男の名前を読み上げた。

しばしの間の後、カーテンが開き、現れたのは白髪の目立つ初老の男だった。

三十秒以内に降りるようにという指示があったのに、男はそこで立ち止まる。そして、あろうことか顔を上げ、今にも飛びかからんばかりの形相で女を睨《にら》み付けた。

どうして！　一人でも抵抗したら、バスが爆発するのに！

恐怖で呼吸が止まった詠葉の左肩から手を離し、女は何かを軽く上に投げる。

重力に引かれて女の手に戻った物体には、ボタンが幾《いく》つかついていた。爆弾を起動させるためのリモコンだろうか。女は最後通牒《つうちょう》を突きつけるように、リモコンらしき物のボタンに指を乗せ、上部が赤く点滅する箱に向かって突き出す。それが決定打となった。

慌《あわ》てたように男は下を向くと、そのまま覚束無《おぼつかな》い足取りで、逃げるように開けられていたドアから降りていった。そのままガードレールを越え、暗闇《くらやみ》の中へと走り去る。

少しでも男が抵抗する素振りを見せていたら、女はボタンを押したに違いない。

両足が小刻みに震えていた。

自分だけが女に従っても駄目なのだ。誰か一人でも指示に背《そむ》けば、その時点でバスは爆破される。出て行くことを許されていない詠葉に出来ることは、皆が指示に従ってくれるよう、ただ祈ることだけだった。

最初に降りた男の姿が見えなくなると、運転手が次の名前を読み上げた。

二番目の男は指示通り、下を見つめながらバスを降りていったが、ガードレールを越えると、こちらを振り返った。どうして誰も彼もが身勝手な行動をするのか。フードの女は詠葉の後ろに立っている。もしも今の動きを見ていたら……。

爆弾が起動することはなかったものの、恐怖で膝《ひざ》から崩れ落ちてしまいそうだった。

成人男性だけを降ろしていく作業が、どれくらい続いただろう。

「今の人で最後です」

十人ほどの乗客が降りた後で、運転手が小声で告げた。

フードの女が再びメモ用紙を差し出し、受け取った運転手の顔色が変わる。

「……行き先を岡山に変えろということですか？」

わずかに横を向いて尋ねた運転手に対し、フードの女は何も答えなかった。

やがて観念したように前を向くと、運転手はバスを出発させる。

これは東京行きのバスだったはずだ。岡山という場所が、遠いのか近いのかも七歳の詠葉には分からなかった。

3

大人の男たちを降ろし、走り出したバスだったが、わずか十分後に路肩に停車する。

それから、車内アナウンスが再び始まった。

『犯人より渡された指示を読み上げます。このバスジャックは特定の人物に危害を加えることを目的として計画されたものではありません。政府や警察機構に対して要求があるわけでもありません。バスジャックという行為そのものに目的がありますので、全員が指示に従えば、誰一人として傷つくことはありません。しかし、何らかの妨害行為、こちらの指示を無視する行動が発見された場合は、即座に仕掛けた爆弾を起動します』

やっぱり詠葉には分からなかった。こんな行為に一体何の意味があるんだろう。

『皆様は全員、本日の日暮れ頃、解放されます。それまでトイレや食事を我慢して頂くことになりますが、どうか大人しくその時を待って頂けたらと思います』

今は午前四時過ぎだ。太陽が沈む頃に解放されるということは、半日以上もこうしていなければならないらしい。食事はともかく、トイレを我慢するのは……。

『出発前に、結束バンドを使って、全員の両手首を背中の後ろで結ばせて頂きます。その後、座席を移動し、備えつけのアイマスクを降車まで着けて頂きます。前方の席に座っている方から一人ずつ、背中を向けた状態で一列目までいらして下さい。人質となっている子どもが結束バンドで両手首を結びます。締め付けが強過ぎた場合のみ、発声を許可します。それでは一人目の方からお願いします』

運転手の指示が終わり、しばしの間の後、ゆっくりとカーテンが開いていった。背中を向けているせいで年齢は分からなかったが、目の前にいたのは髪の長い女の人だった。肩を叩かれ、後ろから黒いプラスチック製の紐《ひも》のような物が差し出される。

『一列目まで来たら、背中の後ろで両手首を合わせて下さい。拘束が完了したら、子どもの案内で座席に戻り、アイマスクを着用して頂きます』

再び車内アナウンスで運転手からの指示が飛び、

『やり方《かた》を見《み》て覚《おぼ》えて下《くだ》さい。次《つぎ》から君《きみ》にやってもらいます。』

すべての漢字に振り仮名が振られたメモが差し出された。

詠葉にお手本を見せるように、フードの女は乗客の左右の手首を、プラスチック製の黒い紐で結んでいった。その後、再び用紙が渡される。詠葉への指示が書かれた紙と、座席表のような図が書き込まれている紙の二枚だった。

『座席表《ざせきひょう》の【1】番《ばん》の席《せき》に、この人《ひと》を連《つ》れていき、前《まえ》のポケットに入っているアイマスクをかけてください。作業《さぎょう》が終《お》わったら戻《もど》って来《き》てください。次《つぎ》の人《ひと》は【2】番《ばん》の席《せき》に、その次《つぎ》の人《ひと》は【3】番《ばん》の席《せき》に座《すわ》らせてください。』

質問したいことは山ほどあったが、黙って指示に従うしかない。

座席を示す数字は、ランダムに配置されているようだった。【1】番の数字が当てられていたのは、後ろから二列目の座席である。

一人目の女性の服の裾《すそ》を引き、そこまで連れていく。

彼女を座らせてから座席の前のポケットを覗くと、黒のアイマスクが入っていた。それを女性に着けてから最前列まで戻る。

『二人目のお客様、お願いします』

詠葉が戻ると、すぐに運転手より次の指示が飛んだ。

二人目の乗客が現れ、教えてもらったやり方で両手首を結び合わせると、詠葉の後ろから手を伸ばし、フードの女が締め具合を確認した。

その後の流れは、一人目の乗客と同じだった。

膝掛けが置かれていた一列目の座席には、最初から乗客がおらず、運転席と客席を遮《さえぎ》るカーテンはそこに設置されている。

渡された座席表には、二列目と三列目に番号が書き込まれていない。二列目と三列目を空席にすることに、何か理由があるんだろうか。

爆弾が仕掛けられていると脅《おど》されたからか、詠葉が人質になっているからか、両手を拘束されても、目隠しをされても、反抗らしい反抗をする者はいなかった。

フードの女は詠葉の背後に身を置きつつ、運転手の動きにも注意を払っている。

流れ作業のような時間が続き、八番目に現れたのは、詠葉の母だった。

「この子は私の娘なんです。お願いします。一緒に席まで戻らせて下さい」

最前列までやって来た母は、カーテンをめくるなり、早口でまくし立てた。

母は背中を向け、カーテンのこちら側を見ないようにしていたものの、会話禁止の指示には背いている。

フードの女がバスを爆破するかもしれない。背筋に嫌な予感が走ったその時、

『口を開くことは誰にも許されていません。二度目の警告はありません』

強張《こわば》った声で運転手からのアナウンスがおこなわれた。

この状況も想定済みだったのだ。

アナウンスを聞き、肩を震わせた母が、続けて口を開くことはなかった。

何か言いたかった。母に伝えたいことが、沢山、沢山あった。

けれど、喋《しゃべ》ることが出来なかった。

『君《きみ》がしゃべったら、みんな死《し》にます』

覚えている。最初に、はっきりとそう警告されている。

たった今、運転手は二度目の警告はないと言っていた。もしも、ここで自分が口を開けば、バスが爆発するかもしれない。そんなこと……。

詠葉は母の拘束だけ、意図的にほかの人よりも緩くした。そのくらいなら見逃してもらえるかもしれないと思ったからだ。

しかし、願いは空《むな》しく打破される。母の拘束状態を確認したフードの女は、躊躇《ためら》いもなく両手を結んだ結束バンドをきつく締め上げていった。

フードの女は真後ろから、自分の仕事をしっかりと見張っている。その目を欺《あざむ》くことなど出来ないのだ。

運転手と詠葉、フードの女を除く、乗客全員の拘束と目隠しが完了すると、運転手が立ち上がり、次の作業を始めた。

バスに載せられていたすべての荷物が、通路を塞《ふさ》ぐ形で三列目の座席に置かれていく。フードの女は、荷物を使って、乗客たちと自分の間にバリケードを作ったのだ。

ランダムに座席を移動させられたとはいえ、後方なら小声での会話が可能だろう。隣の席の人間に協力してもらえば、椅子《いす》の陰に隠れ、両手の拘束を外すことも出来るかもしれない。だが、このバスには後ろに扉がない。通路を封鎖するように高く積まれた荷物をどかさない限り、フードの女を攻撃することも、逃げ出すことも出来ない。

気付けば、運転席の左側に、視界を遮る垂れ幕が下げられていた。運転手は拘束されていない。だが、これでは車内の様子どころか、斜め後ろにいるフードの女の動向すら把握出来ない。

今や車内は、完全に女の支配下に置かれていた。

『それでは、出発前に再度、注意事項を伝えます』

運転席に戻った運転手がアナウンスを始める。

『今後は不定期に結束バンドの拘束を確認させて頂きます。一人でも拘束を解《と》いている人間がいた場合、即座に爆弾を起動します。偶然、外れてしまった方は、速やかに申し出て下さい。その場合のみ、発声を許可します。アイマスクを外すこと、窓のカーテンを開けることは誰にも許されていません』

フードの女は何処《どこ》までも徹底していた。

乗客は両手を封じられ、目隠しをされている。窓はすべてカーテンで覆《おお》われており、乗客席の灯りは就寝時と同様、消されたままだ。

自由に動けるのは二人だけ。運転手と詠葉だが、詠葉は七歳、小学一年生である。大人に力で勝てるはずがない。運転手は常に見張られているし、詠葉が人質になっているせいで、迂闊《うかつ》なことは出来ない。

車内アナウンスが終わると、フードの女は運転席と客席の間に設置されていたカーテンを少しだけ開き、詠葉を一列目に座らせて、自分は二列目に一人で座った。

バスが動き出し、背後から再びメモが差し出される。

『これから君《きみ》にもアイマスクをつけてもらいます。肩《かた》を2回叩《かいたた》かれた時《とき》だけ、アイマスクを外《はず》して、メモを読《よ》んでください。』

手首を拘束されることこそないものの、自分も視界は奪われるらしい。

後ろからアイマスクが着けられ、暗闇の中に放り込まれる。

視界を奪われたことで、再び内奥から激しい恐怖が湧《わ》き上がる。

全員が黙って従えば、誰も傷つかない。女はそう約束した。

夕方には解放される。今はただ、祈るように、その時を待つしかなかった。

4

バスが向かっているという岡山県が何処にあるのか。

自分たちは何に巻き込まれてしまったのか。

七歳の少女の頭で、十全《じゅうぜん》に想像出来るはずもない。背後にフードの女の気配を感じながら、ただひたすらに恐怖に耐えていた。解放されるその時を待っていた。

乗客の両手が結束バンドで拘束され、三列目の座席に、荷物によるバリケードが作られて以降、車内には変化らしい変化が起きていない。何度かバスが路肩に停められ、乗客の拘束状態が確認されたが、車内アナウンスが流れたのは、その時だけだった。

もう何時間も走っているのに、まだ岡山には着かないんだろうか。

数十分前に肩を二回叩かれ、アイマスクを外すと、おにぎりと水が差し出された。食事をしろという意味だと分かったけれど、夕方まではトイレに行けないことを思い出し、水を一口含んだだけでやめてしまった。恐怖と緊張で、お腹《なか》が空いているのかもよく分からなかった。

アイマスクを取った時、時刻は既に午前九時を回っていた。

バスに乗車する前、詠葉は母親から、六時頃、東京に到着すると聞いていた。岡山が東京よりも遠い場所にあるのは間違いなさそうだった。

最初にバスから降ろされた男の人たちは、あの後どうしたんだろう。

降りるタイミングで幾つか注意事項が告げられていたが、誰かに話すことは禁じられていなかった。きっと自由になった後で、バスがジャックされたことを警察に話したはずである。すぐに偉い人たちが助けに来てくれるはずだ。だけど……。

このバスには爆弾が仕掛けられている。

赤く点滅していた箱の中に、本当に爆弾が入っているかなんて分からない。フードの女が嘘をついている可能性だってある。でも、真実は分からないのだ。

何も起こらなければ、夕方には解放されるという。だったら、このまま我慢した方が良いんじゃないだろうか。

自分たちさえ耐え切れれば、誰も怪我《けが》をせずにバスから降車出来る。

何も起こらないで欲しい。早く目的地に着いて欲しい。

アイマスクで作られた闇の中、詠葉は眠りに落ちていた。

夢の中で、詠葉は母と、久しぶりに会う父と一緒だった。

遊園地で走り回る詠葉を、母と父が笑顔で追いかけてくる。

何を喋っても怒られない。何処へ向かうのも自由。

次はどのアトラクションにしよう。どんな風に笑おう。

考えるだけで胸が高鳴ったのに。

不意に、工事現場のような機械音が鼓膜《こまく》に届き、現実へと引き戻された。

これは何の音だろう。ドリル？　何かが回転しているような……。

目を開けたはずなのに、視界は闇に包まれたままだった。

思い出す。自分は今、人質にされていて目隠しを……。

それを思い出した直後のことだった。後ろから伸びてきた手によってアイマスクが外され、眩《まぶ》しいくらいの光が網膜に飛び込んできた。

おにぎりと水の入ったペットボトルが腿《もも》の上に置かれる。

『後《あと》で君《きみ》に協力《きょうりょく》してもらいたいことがあります。おなかが空《す》いて倒《たお》れないよう、ご飯《はん》を食《た》べてください。』

メモが差し出されたが、食欲なんて湧かなかった。

次は何をやらされるのだろう……。

前方、カーテンの隙間《すきま》から、ヘリコプターが飛んでいるのが見えた。聞こえていた回転音は、プロペラの音だったのだ。警察が助けに来てくれたんだろうか。

形状や色の違うヘリコプターが頭上に二機、いや、三機飛んでいる。

デジタル時計は午後二時を示している。どうやら五時間ほど眠っていたらしい。

申し訳程度に口をつけ、おにぎりを腿に置くと、後ろから伸びてきた手によって、再びアイマスクを着けられた。

隙間からわずかに太陽の光を感じるとはいえ、これでは何も見えない。また、暗闇の中で耐えなければならないのだ。

『皆様にお知らせします。ただいまの時刻は午後二時。解放まではあと数時間です。もうしばしの辛抱をお願い致します』

不意に運転手による車内アナウンスが始まった。

『これから全員に一度、座席を移動して頂きます。肩を叩かれた方は席を立って下さい。服を引っ張って誘導しますので、再度、肩を叩かれた場所で着席して下さい』

どうやら乗客たちは座席を変えられるらしい。

母が近くの席に来てくれたら良いのに。そう思ったけれど、目隠しされている状態では、母の移動先も確認しようがなかった。

それから、どれくらいの時間が経っただろう。

詠葉が再びまどろみ始めたタイミングで、運転手による車内アナウンスが始まった。

『長らくお待たせ致しました。これからバスは岡山県倉敷《くらしき》市に向かいます。警察がこちらの指示通り、瀬戸大橋を封鎖していれば、橋の途中で一人ずつ解放します』

瀬戸大橋という名前は聞いたことがあった。確か去年完成したという巨大な橋である。ニュースで見た記憶もある。その橋の上で、自分たちは解放されるらしい。

ここから橋までは、どのくらいかかるんだろう。

早く自由になりたい。

お父さんに会いたい。お母さんに抱き締めて欲しい。

頭上のヘリコプターも同時に移動しているのか、バスが走り始めても、プロペラ音は消えなかった。

アイマスクを外されていた間、バスの脇を通り抜けていく車を一台も見なかった。『瀬戸大橋を封鎖』と言っていたけれど、道路も警察が封鎖しているのかもしれない。遠く、ガードレールの向こうに、カメラのような物を持っている人間たちも見えていた。

今更ながらに気付く。頭上に飛んでいたヘリコプターは、きっとテレビ局のものだ。この事件は既に大きなニュースになっているのだろう。


瀬戸大橋にバスが入ったのは、午後五時過ぎのことだった。

目的地に到着したことが運転手によってアナウンスされ、アイマスクが外される。

『君《きみ》に幾《いく》つかお願《ねが》いがあります。喉《のど》が渇《かわ》いていたら水《みず》を飲《の》んでください。』

背後からメモとペットボトルが差し出された。

これ以上、犯罪者の手先になりたくなかったが、抵抗なんて出来るはずがない。トイレを我慢しなければならないのも、あと少しだ。さすがに空腹も覚えている。渡されたペットボトルの水を半分ほど飲むことにした。

自分には時折、食事が与えられているけれど、ほかの乗客は両手を背中の後ろで拘束されているから、水さえ飲めていないはずだ。母の体調も心配だった。

誰もいない橋の上を、たった一台のバスが走っていく。

空を飛ぶヘリコプターの数が、高速道路で見た時より倍以上に増えていた。

緩慢なスピードで、どれくらいの距離を進んだだろうか。

バスが停まり、車内アナウンスが始まった。

『解放に際して、全員に靴を脱いで頂きます。これから回収に参ります』

靴を脱いでもらう？　どうして、そんなことをしなければならないんだろう。

不安を覚えた詠葉の眼前に、メモが提示された。

『全員《ぜんいん》の靴《くつ》をドアの前《まえ》に集《あつ》めてください。君《きみ》は靴《くつ》を履《は》いたままで大丈夫《だいじょうぶ》です。』

従う以外に選択肢はない。フードの女に背中を押され、立ち上がる。三列目に積まれていた鞄が両脇に寄せられ、真ん中を通れるようになっていた。

一人ずつ靴を脱がせ、指定されたドアの前に置いていく。

アイマスクをしていても、娘だと分かったのだろう。靴を脱がせると、母は詠葉だけに聞こえる声で「絶対助けるから」と呟《つぶや》いた。

フードの女は、この橋の上で皆を解放すると言っていた。

おかしなことはしない方が良い。あと少し我慢すれば自由になれるのだ。

運転手の靴も脱がせた方が良いのだろうか。乗客の靴を集め、席に戻った後で、そんなことを思ったけれど、フードの女からは何の指示も与えられなかった。

靴を集め終わると、バスのドアが開けられ、再びメモ用紙が目の前に提示される。

『バスの外《そと》に出《で》て、周《まわ》りに誰《だれ》もいないか確認《かくにん》してください。誰《だれ》もいなければ、好《す》きな靴《くつ》を左右《さゆう》ばらばらに8つ選《えら》んで、海《うみ》に捨《す》ててください。それから3列目《れつめ》に積《つ》んである荷物《にもつ》を3つ取《と》って、中身《なかみ》を海《うみ》に捨《す》ててから、鞄《かばん》も海《うみ》に捨《す》ててください。』

靴と鞄を海に捨てる？　本当に訳が分からなかったが、言われた通りに動くしかない。

バスから降りて、十数時間ぶりに外の空気を吸う。

斜陽が眩しい。潮の匂《にお》いが鼻をついた。

指示通りバスの周囲を確認すると、頭上のヘリコプター以外に見える物はなかった。先ほど聞いた通り、この橋は警察が封鎖しているのだ。

バスに戻り、ドアの前に集めてあった靴を八つ選び、順番に海に投げ入れていく。

次は鞄だ。一つずつチャックを開けて中身を海にばらまいてから、鞄も投下した。

……本当に、こんなことに何の意味があるんだろう。

疑問に思いながらバスに戻ると、フードの女も裸足《はだし》になっていた。

ペディキュアなんて名前だっただろうか。女の足の爪《つめ》は青く塗られていた。

詠葉が作業を終え、動き始めたバスだったが、一分ほど走ったところで再び停車する。

もう一度、靴を八つと鞄を三つ海に捨てるよう指示が与えられ、バスの扉が開いた。

同様の作業は、場所を少しずつ移動しながら、五回ほど続いた。

五度目の停車で、靴は最後の一足まで海に投げ捨てられたが、鞄はまだかなりの数が残っている。残りはどうするんだろう。

『最後の指示を伝えます。これから人質の子どもが、結束バンドを切っていきます。全員の拘束を解いた後、乗客の名前をイニシャルの順に読み上げますので、呼ばれた方はそのタイミングでアイマスクを外し、下を向いたままバスから降りてください』

イニシャルというのは何だろう。詠葉の疑問に答えるように、運転手の説明は続く。

『イニシャルが分からない方もいるかもしれません。反応がない場合は、飛ばして次の乗客の名前を読み上げます。最後まで読み上げた後で、反応がなかった乗客を、今度は名前でお呼びしますので、そのタイミングで降車して下さい。イニシャルは名前、苗字《みょうじ》の順に読み上げます』

どうやらイニシャルの意味が分からない自分の降車は最後になるらしい。

『バスから降りる際、三列目に置かれた自分以外の荷物を一つ取って下さい。降車後に中身を海に捨て、鞄も海に投げ込んで下さい。その後、バスの真横で動かずに待機して下さい。百メートルほどバスを進め、次の方の名前を読み上げます。全員が降車し、バスが瀬戸大橋を渡り終われば救助が来ます』

長かった。本当に長かったけれど、ようやく解放されるのだ。

『バスの様子はテレビ局のヘリコプターによって中継されており、仲間が監視しています。誰か一人でも指示に背く方がいれば、爆弾が起動します。これで、すべてが終わります。最後まで指示に従って下さい。繰り返します。最後の指示を伝え……』

運転手がアナウンスを繰り返し始めたタイミングで、後ろからメモが差し出された。

『アナウンスが終《お》わったら、このハサミで全員《ぜんいん》の結束《けっそく》バンドを切《き》ってください。』

既に十五個の鞄を海に捨てている。バリケードはもう機能していない。

乗客を自由にするつもりがないなら、拘束は解かないだろう。

渡されたハサミを手に、乗客の手首を拘束する結束バンドを切っていく。

母の結束バンドを切ると、次の瞬間、自由になった両手で抱き締められた。

懐《なつ》かしい温もりに泣きそうになったけれど、まだ、仕事は終わっていない。優しく背中を押され、次の乗客の下へ移動した。

全員の拘束を解き、最前列に戻ると、再びメモが差し出された。

『これが最後《さいご》の指示《しじ》です。君《きみ》の仕事《しごと》は終《お》わりました。アイマスクをつけて、最後《さいご》まで私《わたし》とバスに乗《の》っていてください。バスが橋《はし》を渡《わた》り終《お》わったら、君《きみ》は自由《じゆう》です。』

どうやら自分は、ここでは解放されないらしい。それでも、この悪夢のような時間の終わりが近付いていることは確かなようだった。

メモを読み終わると後ろからアイマスクをつけられた。
それから、運転手により一人目の名前が読み上げられる。イニシャルというのは英語のことなのだろうか。短いアルファベットが二つ聞こえ、すぐに隣の通路を誰かが過ぎ去っていった。今度こそ、本当に全員が解放されるのだ。

四人目に名前を呼ばれた乗客は、詠葉の隣で足を止めた。
お母さんだ！　瞬時にそれが理解出来たけれど、同時に恐怖も覚えた。
言うことを聞かなければ駄目だ。バスが爆発するかもしれない。
構わないで早く降りて！
詠葉の懇願《こんがん》が通じたのか、やがて足音が遠くなっていった。
それで良い。これで良い。もうすぐ、ちゃんと会える。
おかしなことをしてバスが爆発するより、置いていかれた方がずっと良い。
今まで我慢したのだ。あと少しくらい我慢出来る。

乗客の中に、詠葉よりも小さな子どもはいなかった。
イニシャルというものが何なのか理解出来なかったのも、詠葉一人だったらしい。
最後まで運転手が乗客の名前を読み上げることはなかった。

「今の方で最後です」

運転手の呟くような声が聞こえた後、バスは再び橋の上を走り始めた。

最後の乗客が降りてから、バスはどれくらい走っただろう。

やがてエンジンが止まり、誰かが車内に駆け込んでくる音が聞こえた。

何が始まるのか。恐怖に身体が強張《こわば》った次の瞬間、詠葉はアイマスクを外されていた。

瞼を開けると、目の前に同じ服を着た男の人たちが沢山いた。

そのまま腕を引かれ、バスの外へと降り立つ。

「詠葉！」

その名前を叫んだのは、東京にいるはずのお父さんだった。

駆け寄ってきたお父さんに、強く、きつく、抱き締められる。

「良かった！　無事で良かった！」

眩しいくらいのフラッシュがたかれていた。

自分たちの周りを、大勢の大人たちが囲んでいる。テレビカメラやマイクのような物も見えた。

「お父さん……。お母さんは？」

「無事だ。今、警察が橋の上に向かった。頑張ったな！　もう心配いらないからな！」

我慢して良かった。本当に誰も死なずにすんだのだ。

早く、今すぐ、お母さんに会いたい。

犯人は、あのフードの女は、捕まったんだろうか。警察らしき人たちに囲まれ、バスの運転手が連れて行かれたけれど、フードの女の姿は見えなかった。

今度こそ本当に、すべてが終わったのだろう。

その時、詠葉はそう信じていたし、実際、瀬戸内バスジャック事件の幕は、機動隊がバスに乗り込んだ瞬間に下りたと言って良かった。

しかし、実のところ七歳の少女を襲う『悪夢』は、まだ始まったばかりだった。

三好詠葉がそれに気付くのは、もう少しだけ先の話になる。

5

後に『瀬戸内バスジャック事件』と呼称されるその事件が、戦後最大の未解決事件として記憶されることになった理由は幾つかある。

ただ、最大の要因は、十機以上のヘリが空撮を続けていたにもかかわらず、実行犯の女が現場から忽然《こつぜん》と姿を消したことで間違いないだろう。

全長一万メートル弱の瀬戸大橋を渡り終え、香川県坂出《さかいで》市で停まったバスから運転手が降りた直後に、待ち構えていた機動隊が車内に乗り込んでいる。しかし、バスの中に残っていたのは、七歳の少女、三好詠葉だけだった。

『最後《さいご》まで私《わたし》とバスに乗《の》っていてください。』

あの日、詠葉はそのメモを読んでから、機動隊が乗り込んで来るまで、アイマスクをつけていた。バックミラーは機能しておらず、運転席の横には、運転手の視界を遮るための垂れ幕が下げられていた。乗客は一人ずつ降車したはずだが、フードの女が共犯者と一緒に降りていたとしても、詠葉や運転手には分からなかっただろう。

とはいえ、出入り口は、たった一つの扉だけであり、十機以上のヘリコプターが現場を空撮していた。人質の降車が始まったのは夕刻であり、日も暮れかけていたが、乗客と一緒に犯人が降りていれば、その瞬間の映像が残っているはずだ。床に穴を開けて這《は》い出したとしても、窓から降りていたとしても、空撮の目を逃れて隠れるなど不可能だ。

現場の橋は、入り口も出口も封鎖されていた。逃げ場所は海しかない。空撮の目を逃れてバスから降車し、海に飛び込むなんて、果たして可能だろうか。仮にそれが出来たとしても、警察が海上に人員を配置していたわけだから、逃げおおせるとは思えない。

事件後、三好詠葉には連日、事情聴取がおこなわれた。その場で詠葉は一貫して、犯人が母より少しだけ背の高い女だったと供述した。

声は聞いていない。顔も見ていない。だが、性別だけは確かだ。フードから長い髪が覗いていたし、裸足になった足には青いペディキュアが施されていた。

運転手は詠葉ほど詳細に犯人像を把握していなかったものの、同様に「大人の女だと思う」と証言したらしい。

車内から犯人が発見されなかったことで、逃亡ルートは単純に二つに絞られた。

一、何らかの方法を用い、空撮の目を逃れてバスから降車し、海に消えた。

二、乗客の中に紛《まぎ》れ込み、人質の一人として救助された。

状況に鑑《かんが》みれば、可能性が高いのは断然、後者に思えたし、実際、警察もその方向で調査を開始した。しかし、詠葉や運転手の証言を元に、最初に容疑者候補となった七名の女性には、いずれも調査の過程で、犯人とは成り得ないとの判断が下る。

バスジャックの発生から、それほど間を置かずに、乗客は目隠しをされ、座席を移動させられている。とはいえ目隠しをされていても周囲の気配くらいは分かる。前後に座っていた乗客の証言により、警察は七名全員について、単独犯としては容疑者に成り得ないとの結論を下すことになった。警察に付き添われる形で、詠葉も七人の女性と面談したが、どの人物に対しても、フードの女であるとの確信を抱くことは出来なかった。

警察は事件当初から、犯人が複数名いると考えていた。

警察やマスコミに対し、事件当日に消印のない手紙が届けられていたからである。

だが、あくまでもそれはバスの外に共犯者がいたことを示唆するだけの事実であり、車内をコントロールしていた実行犯の人数を断定する材料にはならなかった。

犯人を間近で目撃していた詠葉と運転手も、それ以外の乗客も、犯人は一人だったと思うと証言している。しかし、仮にバスの中に複数の犯人がいたとすれば、あらゆる可能性が生まれるだろう。単独犯としての容疑者候補が消えたことで、真相は混迷の渦中に飲み込まれていった。

衆人環視《しゅうじんかんし》、国民がテレビの前で、固唾《かたず》を呑《の》んで顛末《てんまつ》を見届けた事件である。

誰もがすぐに犯人が逮捕されると思っていた。

だが、一週間が経っても、二週間が経っても、犯人は特定されなかった。

バスジャックの発生は、未明に解放された男たちの通報によって発覚している。

しかし、警察が情報を統制するより早く、事件はマスコミ各社も把握していた。

午前中の早い時間帯に、犯行声明が各社に届いていたからだ。消印のないその手紙には、岡山への進路変更と各地点の予想通過時刻が記されており、キー局各社はカメラを持って、現場へと急行することになった。

バスが封鎖された瀬戸大橋を渡ること。警察が指示に従わなかった場合、バスを爆破すること。すべてがマスコミに伝えられており、最初から最後まで警察は情報を統制することが出来なかった。

事件より一ヵ月後、一つの真相が明らかになる。

当日の早い時間に、犯行声明を配って回った人物が、一人のホームレスであったことが、警察から発表されたのだ。

ホームレスは事件の二日前に報酬を渡され、手紙の中身も知らないまま、仕事をこなしただけだった。彼は自分が届けた手紙が、大々的に報じられていたバスジャック事件と関係していたことにすら気付いていなかった。依頼時、犯人はマスクを着けており、フードを深く被って、筆談で指示をおこなってきたらしい。ホームレスが語った犯人の特徴、性別は、詠葉や運転手が語った犯人像と変わらないものだった。

その後、海中の捜索により、詠葉が車内で目撃したと思われるナイフが発見されたが、それは刃が引っ込むおもちゃのナイフだった。バスに爆弾が仕掛けられていなかったことも、詠葉が助けられた直後に判明している。

すべてがフェイクだった。フードの女は、初めから誰も傷つけるつもりなどなかった。ただ、誰もが彼女の言葉を信じ、恐怖に支配された結果、最後まで全員が犯人の手の平の上で踊らされることになってしまった。

国民が見守る中で起きた、前代未聞の未解決事件である。やがてマスコミ主導の犯人捜しが始まった。

当初、誰よりも強く疑いの目を向けられたのは、バスの運転手だった。

彼は最初から最後まで拘束を受けず、目隠しもされなかった唯一の人物である。警察の中にも共犯者として疑う者は多かったらしい。七歳の少女が人質に取られていたとはいえ、彼ならば隙《すき》をついて犯人の女を捕まえることが出来たのではないだろうか。それをしなかったということは、つまり、そういうことではないだろうか。

悪意は手の届かない場所で肥大化する。

正義面《づら》したマスコミは、低俗な好奇心から運転手の過去を暴《あば》き立て、当日の行動を非難され続けた彼は、ほどなく退職する。

運転手に次いで非難の的となったのは三好詠葉だった。

乗客の両手を拘束したのも、目隠しをしたのも、詠葉である。

その上、犯人の傍に長時間いたにもかかわらず、顔も、正体も、分からないという。

さすがに七歳の少女を共犯者として疑う声こそ少なかったものの、非常識な取材攻勢を受け、詠葉のプライベートは殺される。

少女の心は弱く、脆《もろ》い。

事件の記憶だけでも苦しいのに、過熱する報道、容赦なき取材は、やがて詠葉の心と身体を蝕《むしば》んでいった。

「お前が犯人なんじゃねーの」

男の子たちは冗談で言っているのかもしれない。

「詠葉ちゃんのせいで犯人が捕まらないんじゃないの?」

女の子たちだって悪気があって言っているわけではないのかもしれない。

それでも、耐えられなかった。

あの日のことを思い出すだけで背筋が凍《こお》りつくのに。終わらない報道と取材のせいで、記憶を頭から追い出すことが出来ない。同級生たちの心ない言葉が、耳の奥で鳴り止《や》まない。積み重なるように、痛みは増していくばかりだった。


触れられるほどに近い距離で犯人と接したのは、詠葉一人である。

自分が喋った言葉に、大人たちが振り回されている。

自分が喋った言葉が、テレビや新聞で大袈裟《おおげさ》に報じられる。

何もかもを正確に覚えているわけじゃない。

消えない恐怖とは裏腹に、あの日の記憶は、どんどんあやふやになっていく。

間違ったことを喋っていたら、どうしよう。

嘘なんてつきたくないのに、結果的に嘘をついてしまっていたら、どうしよう。怖い。自信がない。喋りたくない。もう何も話したくない。

『君《きみ》がしゃべったら、みんな死《し》にます。』

最初は犯人からの命令だった。もう、その命令下にはないはずなのに、友達や先生と喋ることにさえ恐怖を感じるようになっていた。両親にすら思っていることを話せなくなっていた。

「何で喋らないの？」

「本当は犯人の一人だから、喋れなくなったんじゃないの？」

棘《とげ》のある言葉に心が怯《ひる》み、次第に学校からも足が遠のいていく。

事件から一年が経つ頃、詠葉は完全に喋れなくなっていた。

最初は自分の意思だった。何も話したくないから、口を閉ざしていた。

だが、今は望んでも声が出てこない。喋り方を思い出せない。

『緘黙症《かんもくしょう》』それが医者の診断だった。

精神的に追い詰められたことで、詠葉は言葉を失ってしまったのだ。

診断から半年後には、学校にも通えなくなっていた。

答えたいと思っても、声が出てこない。

話しかけられているのに、視線は交錯しているのに、無視したみたいになってしまう。

友達だった子たちまで詠葉から離れていってしまった。

小学三年生になってからは、一日も学校に通っていない。

そんな詠葉を両親は責めなかった。

分かるから。何が詠葉を追い詰めてしまったのか、あの事件に巻き込まれた母親には痛いほど分かってしまったから。娘に負担をかけるような言葉は口に出来なかった。

娘が学校に行きたくないなら、その気持ちを尊重してやりたい。どれだけ親族に責められても、担任や教頭に登校を促《うなが》すよう迫られても、両親は詠葉に無理強《むりじ》いしなかった。

『瀬戸内バスジャック事件』は、複数の人間が共同して、凶器を示し、人質に第三者に対する義務のない行為を強要した事件である。「人質による強要行為等の処罰に関する法律」第二条と、社会的な影響を鑑み、公訴時効期間は十年と決定された。

事件の後、詠葉と運転手の顔と名前は、何度もテレビに登場した。

時が流れ、成長したとはいえ、外に出れば、すぐにあの時の少女だと気付かれてしまう。犯人の手先になった少女だと、皆が指を差してくる気がした。

学校に通えなくなった後、詠葉はひたすら家の中に引きこもるようになった。

どうして、こんなことになってしまったんだろう。

自分の何が悪かったんだろう。

答えが見つかるはずもない問いの前で、詠葉は苦悩する。

時が流れ、事件のことを世間の人々が忘れ始めても、あの日のバスジャックは、三好詠葉の中で結末を迎えてなどいなかった。

6

瀬戸内バスジャック事件から三年後、一九九二年の夏。

美しい顔をした背の高い青年が、やはり若い男に伴われて三好家に現れた。

青年の顔には見覚えがあった。あの事件の後、警察の捜査に協力するため、詠葉は解放された乗客たちと何度か会っている。その時に見た男だった。

深夜にバスから解放されたのは、成人男性のみである。未成年だった四人の少年は女性陣と共に人質となっており、瀬戸大橋の上で解放されている。ラフな格好で現れた目の前の青年も、その内の一人だった。

当時は高校二年生だったはずだから、今はもう二十歳くらいだろうか。青年と共に現れたスーツ姿の男も二十代に見える。

両親と共に詠葉が二人の前に座ると、スーツ姿の男が口を開いた。

「私は論講社《ろんこうしゃ》の文芸第三出版部で編集者をしている宇井善之《ういよしゆき》と申します。彼、舞原詩季《まいばらしき》君の担当編集です。三好詠葉さん。詩季君のことを覚えていますか?」

嘘をつく理由はない。詠葉が頷《うなず》くと、宇井は小さく笑みを浮かべた。

「それは良かった。話が早くて済みます」

詠葉が目の前の青年のことを、年齢まで含めて覚えていたのは、彼がある意味、特殊な人間だったからだ。

「詠葉さんは詩季君が小説家であることも知っていましたか?」

再び、頷く。

そうなのだ。彼は高校生でありながらプロの小説家だったのである。綺麗《きれい》な顔立ちもさることながら、その経歴に驚き、今日まではっきりと記憶していた。

「では、説明は不要かもしれませんが、最初に少し紹介させて下さい。詩季君は十六歳で小説家としてデビューしています。年齢からは想像もつかない卓越した筆力があり、デビュー後すぐに人気作家となりました。しかし、それから一年も経たないうちに、あの事件が起きた。ご存じの通り、あのバスに詩季君も乗っていたのです」

「小説家の先生が乗っていたことは警察に聞いています」

　父が話に割って入る。

「詠葉に何の用事でしょうか？　あの事件は、この子の心に大きな傷痕《きずあと》を残しました。宇井さんは緘黙症という病気をご存じですか？」

「いいえ。申し訳ありません。不勉強です」

「今、詠葉は声が出せないのです。もう随分と長い間、学校にも通っていません。お願いします。この子に、いたずらにあの事件のことを思い出させないで欲しい」

　二人が顔を見合わせる。それから、口を開いたのは舞原詩季の方だった。

「詠葉さん。あの事件から三年が経ちました。ですが、今でも僕は忘れられずにいます」

　高くも低くもない、穏やかで透き通るような声だった。

「ことあるごとに、あの日、覚えた恐怖を思い出してしまうんです。どうして忘れられないのか、その答えがようやく分かりました」

　忘れられないことに答えがある……？

「それは、あの事件が終わっていないからです。事件が解決していないから、詠葉さんも、お母様も、僕も、いつまでも巻き込まれてしまった犯罪に悩まされる」

　言っていることは分かる。その通りかもしれないとも思う。

　でも、そんなことを言ったって、どうしようもない。警察は全力で捜査したはずだ。だけど、分からないままだった。誰が犯人なのか、どうやってあのバスから消えたのか、そもそも何のために、あんなことをやったのか。何一つ分からないままだった。

「告発の物語を書きました。あの日、バスの中で何が起こり、最終的に犯人が何処へ消えたのか。真相を物語にしました」

「どういうことですか？　犯人の正体は誰にも……」

戸惑いを隠せないまま母が問う。

「ええ。犯人は分かっていません。詩季君も作中で犯人は特定していない」

編集者の宇井が鞄から取り出したのは、プリントアウトされた原稿の束《たば》だった。

「ここに一つの真相が提示されています。あの日、犯人はどうやって姿を消したのか。封鎖されていた瀬戸大橋から、どうやって逃げたのか。詩季君は作中で解き明かしています。もちろん、すべて頭の中で組み立てられた仮説に過ぎません。しかし、この作品を読めば、これしか方法がなかったと誰もが思うことでしょう。これは被害者が書いた真実を暴く物語なのです。私たちはこの作品を通して世に問いたい。事件で心に傷を負ったすべての人を、この告発の物語で救いたい。私はあの事件の最大の被害者が、詠葉さんとバスの運転手だった延岡《のべおか》さんであると考えています。だから、ここに来ました」

事件後、運転手の延岡は、何度も警察に事情聴取されている。実際、今でも彼のことを疑っている人間は多いし、そういう筋書きのルポルタージュが発売されたこともある。

だけど、真相は違う。運転手は乗客を守るために、仕方なく犯人に従ったのだ。あの日、延岡はそうするしかなかった。一番近くで見ていた詠葉はそう信じている。だが、そんなことはバスに乗っていなかった人間たちには分からない。

運転手が犯人の要求を呑んだから、あんなことになったのだ。そう批判する人間は沢山いた。テレビの中で、安全な場所から、何も知らないくせに、あの恐怖を体験していないくせに、好き勝手にのたまう有識者、ご意見番気取りの芸能人が沢山いた。

「お二人の許可を得ない限り、この小説は出版出来ない。それが編集部の総意です。既に延岡さんには読んで頂きました。そして、どうか真実を世に知らしめて欲しいとの声を頂いております。事件のことを娘に思い出させないで欲しい。ご両親のお気持ち、重々承知しております。しかし、私はこの作品が、疑いの目を向けられた乗客を救う物語であると信じています。どうぞ、先にお父様とお母様でチェックして下さい。それからで構いませんので、どうか詠葉さんにも読んで頂きたい」

「しかし、娘はまだ十歳で……。事件の告発なんて……」

「懸念されるのも分かります。ですが読んで頂ければ分かります。これは、お嬢様を救う物語なんです」

宇井の表情は真剣そのものだった。

詠葉が立ち上がると四人の視線が突き刺さる。

「こんな話、もう聞きたくないよな？」

心配そうな顔で父が尋ねてきたけれど……。

サイドボードに置かれていたノートを取り、

『読んでみたいです』

迷うことなく、詠葉はそう書いていた。

あの日のことなんて思い出したくない。怖い。考えるだけで震えが止まらなくなる。だけど、詠葉は知りたかった。誰が犯人だったのか。犯人はどうやってバスから逃げたのか。それが分からないから、自分も、ほかの被害者たちも、悪いことなんてしていないのに、疑われて、心ない言葉をかけられて、落ち込み続けなければならない。

「本当に読みたいのか？」

本心を探るような声で父に問われ、深く頷いた。

恐怖はあっても迷いはなかった。

舞原詩季と編集者が去り、両親が原稿を読んでから、詠葉の番がきた。

その原稿は、すべての漢字に振り仮名が振られており、小学生に理解しにくい部分には、余白に説明が加えられていた。

本当に、詠葉に読んでもらうためだけに用意されたものなのだろう。

舞原詩季が書いた小説『残夏《ざんか》の悲鳴』を読み、詠葉は泣いてしまった。

溢《あふ》れる涙を止めることが出来なかった。

最後まで読み終わった後で、思い出したのは犯人に見せられたメモだった。

『君《きみ》が指示《しじ》に従《したが》えば、誰《だれ》も傷《きず》つけません。』

『君《きみ》が約束《やくそく》を守《まも》れば、誰《だれ》も傷《きず》つきません。』

言うことを聞けば誰も傷つけない。犯人は何度もそれを強調していた。

そして、詠葉はその言葉を信じた。誰も傷つけないという言葉を信じたから、大人しく従ったのに……。

傷つけないなんて嘘だった。傷つかないなんて嘘だった。

だって、自分は学校に通えなくなった。

友達もいなくなってしまった。

声すら失ってしまった。

傷つけないなんて、傷つかないなんて、真っ赤な嘘じゃないか。

犯人は何がしたかったんだろう。

犯人の要求は、封鎖された瀬戸大橋をバスで渡ることだった。犯人は警察にもマスコミにも連絡を入れていたのに、要求らしい要求はそれだけだった。

犯人が何の目的で、あんな事件を起こしたのか。それは、小説を読んでも分からなかった。しかし、あの日、犯人がどうやってバスから姿を消したかは分かった。

宇井という編集者が言っていたように、『残夏の悲鳴』を読んだ後では、この方法しかなかったと思える。これが真実で間違いないと思う。

あの若い小説家は、警察も突き止められなかった事件の真相を暴《あば》いたのだ。


それから、長い時間をかけて、詠葉は詩季に手紙を書いた。

『残夏の悲鳴』に描かれた物語が、真実であるとは限らない。だけど、あの日、犯人の一番近くにいた自分と運転手が、真実と信じた物語だ。

無関係な人々の口を閉じられないなら、マスコミがあの事件について語ることをやめないなら、せめて知って欲しかった。あの日、あの場所で、何が起きていたのか、憶測ではない言葉で語り合って欲しかった。


翌年、一九九三年。

出版された小説『残夏の悲鳴』は、発行部数三百万部を超える空前の大ベストセラーとなった。

事件当時、十七歳だった若者が暴いた真実の物語は、人々の心を動かす。

その小説が発売されるまで、七歳でしかなかった詠葉や、詠葉の母のことを、犯人の仲間だと揶揄《やゆ》する者がいた。事件の最中に、警察やマスコミに連絡を入れていたのは、ホームレスではなく、詠葉の父親だったのではないかと推理する者もいた。

運転手を実行犯の一人と考える者も、やはり根強く存在していた。

しかし、舞原詩季の小説が発売されたことで、人々は知ることになった。

三好詠葉も、運転手も、決して共犯者などではない。あの事件に傷つけられ、苦しめられてきた、ただの被害者だった。

詩季の本が発売されてから、思いもしなかった変化が起きた。

『残夏の悲鳴』を読んだクラスメイトが、詠葉を学校に誘いに来たのだ。

事件後、人々の好奇の目から詠葉を守るため、単身赴任だった父が転職を決意し、三好家は故郷から引っ越している。

引っ越し先ではろくに学校に通えなかったから、友達なんて一人もいない。誰とも打ち解けていない。それなのに、クラスメイトたちは喋ったこともない詠葉を誘いに来た。

教室においでよ。一緒に勉強しようよ。

同級生たちは笑顔で、詠葉を迎えに来てくれた。

そうか。舞原詩季は小説で人々の心を動かしたのだ。そう思った。

編集者の言葉は嘘じゃなかった。彼は物語で人の心を動かせる作家だった。

詩季の小説に背中を押されたのは、詠葉も同様である。

いつまでも自宅に引きこもっているわけにはいかない。

勇気を奮い、緊張と共に登校すると、皆が歓迎してくれた。

先生も、同級生たちも、ほかのクラスの子どもたちも、笑顔で迎えてくれた。

嬉《うれ》しかった。やっと学校に戻ることが出来た。

ようやく、居場所が出来たような気がした。


……だけど、詠葉の登校は長く続かなかった。

声が出ない。言いたいことがあるのに伝えられない。友達とお喋り出来ない。

筆談では会話も滞《とどこお》る。自分のことを気にして、話が進まないことに皆が苛立《いらだ》っているような気がしてしまう。誰にも責められていないのに、強迫観念に駆られてしまう。

どうして喋れないんだろう。

こんなに伝えたいことがあるのに、何で駄目なんだろう。

このまま死ぬまで、自分は声を失ったままなんだろうか。

少しずつ、学校に向かう足が重たくなり、小学校を卒業する頃には、再び完全に不登校になってしまった。

中学生になっても状況は変わらなかった。
声が出ない。こんな状態じゃ、自分はいつまで経っても前に進めない。
苦しかった。哀《かな》しかった。つらかった。
そして、それ以上に悔《くや》しかった。
あんな事件に巻き込まれなければ、あの日、犯人の手先になったのが自分でなければ、
今頃、きっと普通の生活を送れていたのに。
皆と同じように学校に行って、友達と遊んで、勉強だって……。

一九九五年、中学一年生の夏。

詠葉は舞原詩季に手紙を書くことにした。

もともと有名な小説家だったらしいが、『残夏の悲鳴』発売後、彼は人気、評価共に日本トップクラスの作家となった。両親に書店に連れて行ってもらうと、必ず目立つ場所に彼の本が山積みにされている。

声が出せないつらさを、普通には生きられない苦しさを、あの小説を書いた作家になら、理解してもらえるかもしれないと思った。

とはいえ返事を期待していたわけじゃない。

舞原詩季は今や超売れっ子の作家である。ファンレターだって日々、山ほど届いている

だろう。読んでもらえるかさえ分からない。そう思っていたのに……。

手紙を送ってから二週間後、詠葉の自宅に突然、舞原詩季が現れた。

彼の隣に立っていたのは、編集者の宇井ではなく、見たことのない女性だった。

肌艶《はだつや》が良く、笑顔が絶えず、不思議な雰囲気を持つ女性。

出会った瞬間から、詠葉は目を離せなくなった。見つめられただけで、すべてを見透《みす》かされたような気持ちになってしまった。

詩季の隣に立っていた女性は、その名を舞原《まいばら》杏《あんず》と言った。

どうやら、この三年の間に、詩季は結婚したらしい。

「はじめまして。舞原杏です。私は今、東京の八王子《はちおうじ》でフリースクールを開いています。詠葉さんはフリースクールという言葉を聞いたことがありますか？」

首を横に振る。

「事情があって、学校に通えなくなった子どもたちを受け入れている民間の施設です。私はそんな学校の一つ、『静鈴荘《せいりんそう》』を運営しています。そこで様々な学年の生徒に、勉強も、勉強以外のことも、教えています。三好詠葉さん、あなたの事情を、詩季さんから聞きました。今日はあなたを誘いに来たんです。私たちと一緒に暮らしませんか？」

一緒に暮らす？

「静鈴荘は旅館を改装した施設なので、部屋が沢山あるんです。自宅から通っている生徒もいますが、泊まり込みで暮らすことも出来ます。詠葉さんは随分と長い間、学校に通えていないと聞きました。勉強、したくないですか？　あなたが声を取り戻せる日まで、私は味方でいます。一緒に、手を取りあって、頑張ってみませんか？」

目の前の女性のことを、詠葉は何も知らない。

分かるのは彼女が詩季の妻ということだけだ。それでも、この人なら信頼しても良いんじゃないかと思ってしまった。

迷いはある。不安もある。だけど、このままでは駄目だと、いつまでもこんな風に生きていくわけにはいかないと、ずっと思ってきた。

母や父と離れるのは寂《さび》しい。だが、それくらいのことをしなければ、自分は声を取り戻せない。何より、あの『残夏の悲鳴』を書いた舞原詩季が選んだ女の人なら、頼ってみても良いのではないかと思った。

家を離れて、静鈴荘で暮らしたい。

中学一年生、十三歳の娘の頼みに、両親はすぐには頷けなかった。

東京は遠い。簡単に顔を見に行ける距離でもない。

しかし、それは、ほかならぬ詠葉の頼みであり、両親も詩季のことは信頼していた。

舞原詩季が共に暮らす場所になら、娘を預けても良いかもしれないと思った。

7

三好詠葉が静鈴荘の住人になってから、四年の歳月が流れた。

一九九九年、時は世紀末。

戦後最大の未解決事件『瀬戸内バスジャック事件』は、犯人が特定されることなく、十年目の時効を迎えようとしていた。

十七歳になった今も、三好詠葉は声を失ったままである。

プロローグ

1

『オルタナティブ教育』という言葉がある。

従来の教育制度とは異なる運営体系、進級制度、教育科目を意味する概念であり、国や地方自治体の法律によらない私立校で採用される場合が多い。

日本では法的根拠を有さない非正規の教育機関において実現される教育を意味し、フリースクールや無認可のインターナショナルスクールが、その代表的な施設だ。

学校教育法第一条において『学校』の概念が規定される日本では、フリースクールはあくまでも民間の施設に過ぎない。とはいえ、その形態や規模は極めて多様であり、既存の学校と変わらないカリキュラムを持つスクールも存在する。

一九九二年より、小中学生であれば、在籍する教育機関、校長の裁量で、フリースクールに通った期間も、学校指導要録上の出席扱いと出来るようになった。フリースクールやオルタナティブスクールは、様々な事情で学校に通えなくなった子どもたちにとって、確かな受け皿となっているのだ。

二十世紀初頭、主にヨーロッパにおいて誕生したフリースクールの概念が、日本において形を持ち始めたのは、一九八〇年代のことである。

高度経済成長期、急速に発展していく社会は、高学歴社会を生み出した。

良い学校に進学し、給料の良い会社に就職することこそが、人生を豊かにする。そう妄信した親たちの期待は、詰め込み教育へと発展し、子どもたちの自己を抑圧していく。

いじめ、体罰の日常化は、学校への恐怖を煽《あお》り、ストレス、不信感から『登校拒否』となる児童が激増していったのもまた、この時代からだった。

そんな頃、一人の新聞記者がアメリカのフリースクールを取材し、『教育に強制はいらない』という本を出版する。大きな反響を呼んだその本が呼び水となり、やがて日本でもフリースクールを開校する人間が現れる。

静鈴荘《せいりんそう》を運営する舞原《まいばら》杏《あんず》もまた、そんな教師の一人だった。

作家、舞原《まいばら》詩季《しき》が東京都八王子市に購入した純和風の旅館、静鈴荘が改築され、そこに妻の杏がフリースクールを開校してから、早いもので四年が経った。

一九九九年、世紀末。

今年度、静鈴荘では、学年で言えば小学四年生から高校二年生まで、合計十一人の児童・生徒が学んでいる。

子どもたちが静鈴荘に辿《たど》り着くまでの経緯は、それぞれに異なる。学校へ通えなくなった理由も、ここでもう一度、始めてみようと思った理由も、一人一人違う。それでも、年齢も性別も問わず、杏は分《わ》け隔《へだ》てなく子どもたちを教えていた。

静鈴荘にやって来た時は中学一年生だった三好詠葉《みよしうたは》も、今や十七歳である。四年の時を経て、詠葉は杏のことを、母のように慕《した》うようになっていた。


今年の春、大学生になった高塚美佐絵《たかつかみさえ》が静鈴荘から卒業したことで、詠葉は最年長の生徒になった。緘黙症は治癒しておらず、今も声は出ない。けれど、最古参《さいこさん》の詠葉は、子どもたちの中ではお姉さん的な立場だ。いつまでも守られてばかりではいられない。過去の傷痕は消えなくとも、歳《とし》を重ねると共に、強い心を持てるようになってきた。

声が出ない自分が、普通の十七歳になれたとは思わない。ただ、周りに心配されているだけの、か弱い子ウサギだとも思わない。

詠葉はようやく見つけた居場所で、緩やかでも確かな成長を遂げていた。


七月一日、木曜日。午後五時。

放課後、六人の通学生が帰途に着いた後で、詠葉は杏に呼ばれた。

夕食の準備のために、そろそろ買い出しへ出掛けるのだろう。

静鈴荘では現在、舞原夫婦と下宿生の五人に加え、居候が二人暮らしている。しかし、その内の一人、千桜瑠伽《ちざくらるか》は帰宅しないことが多い。詠葉はもう二週間以上、瑠伽の顔を見ていなかった。そんなわけで基本的には八人分の食事を用意すれば良い。

杏は子どもたちに勉強以外も教えているが、料理もその一つである。両親と暮らしていた頃、ほとんどお手伝いをしていなかったこともあり、詠葉にとっては日々の生活さえも勉強の場だった。


打ち水で濡《ぬ》れた夕方の緑道に、忍び寄る夏の匂いが立ちこめている。

背の高い杏の後ろをついていく散歩にも似た道中が、詠葉は好きだった。

四年前、目の前に現れた時、舞原杏は二十七歳だった。最初に見た時、印象的な笑顔を持つ、生命力に満ち溢れた大人だと思ったが、歳を重ねた今もその印象は変わらない。むしろ歳を取れば取っただけ、綺麗になっていく気がする。

艶《あで》やかな長い髪も、いつだって軽やかな足取りも、何もかもを見透かすような茶色い瞳《ひとみ》も、詠葉にとってはすべてが憧《あこが》れの対象だ。

いつか杏のような大人になりたい。静鈴荘で暮らし始めて一週間後には、そんなことを考えるようになっていたし、十七歳になった今も気持ちは変わっていなかった。

先生だからじゃない。大人だからでもない。杏は人間的に賢いのだ。子ども心に詠葉はそう思っていた。

杏は色んなことを知っている。どんなことでも教えてくれる。質問する前に、こちらの意図を悟っていることさえあった。

そして、いつしか憧れを昇華させるように、詠葉は願うようになる。

将来、自分も杏のような教師になりたい。それが、生まれて初めて抱いた、将来の夢だった。ただ、同時に、その夢を叶《かな》えることが容易ではないことにも気付いていた。

詠葉は小学生の早い段階で不登校になっている。

中学校には一日も通っていないし、高校にも進学していない。

とはいえ、静鈴荘にやって来てからの四年間で、勉強という意味では同級生たちに追いついている。このまま杏の指導を受け、大学入学資格検定に合格すれば、受験を経て、大学生にだってなれるだろう。しかし、そこまでだ。

喋れない人間が、教師になんてなれるだろうか。なって良いんだろうか。

教員採用試験を受けるどころか、教育実習の段階で自分は……。

どれだけ憧れても、杏のような教師になれない。そんなことは自分が一番よく分かっている。でも、だったら、どうすれば良いんだろう。

「ここは学校ではありません。十九歳になっても、二十歳になっても、通って良い。勉強は幾つになっても続けて良いんです」

いつかの教室で、杏はそう言っていた。

だけど……やっぱり、そんなことはしちゃいけない気がする。

十八歳の三月を迎えたら、ここを出て行かなくちゃならないと思う。

そう考えているからこそ、一年半後に迫るその時が、今から凄《すご》く怖かった。


本日の夕食は、夏野菜のカレーとコールスローサラダに決まった。

駅前のスーパーで食材を買い、帰路につくと、緑道の手前で妙な人影を発見した。

植木にもたれかかるようにして、誰かが倒れている。

旅行帰りなのか、すぐ傍に大きなキャリーケースがあった。

「また、行き倒れでしょうか」

ポツリと呟いた杏の両手は、スーパーの袋で塞《ふさ》がっている。

小走りで近付くと、とても背の高い男だと分かった。

詠葉があいていた左手で彼の肩を揺すると、目を開いた男は、虚《うつ》ろな眼差《まなざ》しで杏を見つめた。

「大丈夫ですか？　家族か救急車をお呼びしましょうか？」

「……すみません。大丈夫です。救急車は呼ばないで下さい。眩暈《めまい》がして、少し休むつもりだったんですけど……」

ガードレールに手を置き、立ち上がったのも束《つか》の間《ま》、男はよろけてしまった。

大学生だろうか。それとも社会人？

見た目では判断がつかないが、恐らく二十代前半だろう。

「持病はありますか？」

「お気遣《きづか》いなく。大丈夫です」

「とてもそうは見えません。ご家族をお呼びします。連絡先を教えて下さい」

「あの……本当に大丈夫です。持病なんてないし、呼べる家族もいません。勘当《かんどう》されているので」

勘当って家から追い出されることだっけ？

「では、そのキャリーケースは」

「ホテルに宿泊しながら、仕事を探していたんです。でも、見つかる前に、貯金が尽きちゃって……。もう三日間、公園の水しか飲んでいなくて」

絵に描いたような行き倒れだった。

ここ数日で一気に気温が上がっている。水しか飲んでいないということだから、栄養失調か何かで倒れてしまったのかもしれない。

「近くにご友人は？」

男は首を横に振る。

「頼れる友達がいれば、金がなくなるまでホテル暮らしなんてしません。俺、福井の出身なんです。勘当されて、すぐに東京に出て来たので」

「つまり、お金も頼れる相手もない。そういうことですね」

「恥ずかしながら、そうです。あの……必ずお返ししますので、夕食代だけでも貸して頂くわけにはいかないでしょうか」

「お金を貸すことは出来ます。ただ、それでは問題を先送りにしているだけです」

「それはそうですけど、でも……」

杏は買い物袋の中から牛乳の紙パックを取り出し、封を切った。

「ひとまず、これを飲んで下さい。タクシーを呼びますので、一緒に私たちの家へ行きましょう。夕食をご馳走《ちそう》します」

「え。でも、そんなの……」

「主人の許可が下りれば、泊めることも出来ます。三日間、ろくに食べていないのでしょう？　そんな状態で頭が働くとは思えません。まずは優しいものでお腹を満たしてから、これからのことを考えましょう」

「あの、申し出はありがたいんですけど、どうして会ったばかりの男を……」

「困っている人がいたら助けます。そこに理由は必要ありません」

杏の迷いなき回答を聞き、男は口をつぐむ。

「……ありがとうございます。お言葉に甘えたいです」

「そうして下さい。私たちが暮らしているのは、旅館を改築した静鈴荘という建物です。子どもたちが何人か暮らしていますので、少々賑《にぎ》やかですが、我慢して下さい」

「子どもたちが暮らしているんですか？」

呟いた後で、男は一度、詠葉を見つめた。それから、再び杏に目を移す。

「失礼ですけど、あなたは一体、何者ですか？」

「舞原杏。教師です。民間の教育施設、フリースクールを運営しています」

「フリースクール……。あー、確か登校拒否の子どもたちが通うっていう」

「うちには高校生も在籍していますし、不登校と定義される子どもたちだけを教えているわけではないんですが、基本的にはイメージされている通りかもしれませんね」

「東京は凄いな。もうフリースクールが浸透しているのか。都会だと子どもたちにもプレッシャーが多いんでしょうね。登校拒否になってしまった学生の受け皿は重要な気がします。お隣のお嬢さんもフリースクールの学生ですか？」

詠葉が頷くと、納得のいったような顔で、男は苦笑いを浮かべた。それから……。

「名乗るのが遅くなりました。俺は佐伯道成《さえきみちなり》と言います。二十五歳です。実は俺も二ヵ月前まで、福井県で教師をしていたんです」

2

佐伯道成。それが道端《みちばた》で倒れていた男の名前だった。

福井県の国立大学、教育学部を卒業後、地元の中高一貫の私立校に社会科教師として就職。しかし、上司でもあった両親と教育方針でぶつかり続け、三年目の五月に辞職。その後、勘当され、追い出されるように自宅から放逐されたとのことだった。

地元に居づらくなった彼は、上京を決意する。

二年間で貯《た》めたわずかばかりの貯金を頼りに、新たな生活を始めようと試みたものの、気合いは見事に空回り、就職先は見つからず、行き倒れに繋《つな》がったというわけだった。

食卓で語られた佐伯の人生を、誰よりも真剣な顔で聞いていたのが詠葉だった。倒れていた現場に遭遇していたこともあるだろう。ただ、最たる理由は、佐伯の前職が教師だったからである。

四年前、詠葉が親元を離れることを決意したのは、静鈴荘の家主が『残夏《ざんか》の悲鳴』を書いた舞原詩季だったからだ。同じ恐怖を経験した彼と暮らせたなら、何かが変わるかもしれないと思った。声が出せなくなり、学校にも通えなくなった自分を、変えられるかもしれないと期待した。

しかし、静鈴荘で暮らすうちに、詠葉が惹《ひ》かれていったのは、詩季ではなく、その妻、杏の方だった。杏は困っている者を放っておけない性質《たち》だ。広大な庭で、何匹もの捨て猫を保護して世話をしているし、一ヵ月前にも駅で行き倒れていた一人の大学生を助けている。その行き倒れになっていた女子大生が、もう一人の居候、笹塚亮子《ささづかりょうこ》だ。教育学部に通う亮子は、拾われた流れから静鈴荘に馴染《なじ》み、子どもたちに文系科目を教え始めたことをきっかけに、そのまま居着いてしまった。そして、そんな亮子を杏が追い出すことも、家主の詩季が煙たがることもなかった。

四年間の共同生活を経て、詠葉は杏のような教師になりたいと願うようになっている。高校教師をしていたという佐伯に、興味を引かれないはずがなかった。

男の子というのは、本当に沢山食べる生き物である。

静鈴荘で暮らす二人の中学生、幹久《みきひさ》と大和《やまと》を見て、常々そう思っていた詠葉だったが、食欲旺盛《おうせい》なのは佐伯も同様だった。

三日間ろくな物を食べていなかったという佐伯のために、杏は最初にお粥《かゆ》を作った。飢餓《きが》状態から急激に食事をとるのは危険らしい。胃に優しい物を、ゆっくりと食べるように。杏はそう言って、お粥を出したが、佐伯はそれを一瞬で空にすると、そのまま夏野菜のカレーまで大盛りで平らげていた。

家主の詩季や居候の瑠伽は、共に百八十センチ前後の長身だが、佐伯はそんな二人よりもさらに背が高い。

きっと胃も人一倍大きいのだろう。気持ち良いくらいの食べっぷりだった。


食卓の皿を片付けてから、杏が皿いっぱいに載ったイチゴを持って来た。

「わー。夏なのに何で?」

嬉しそうに幹久が声を上げ、縁側で猫を追いかけ回していた大和が戻って来る。

「本当だ！　すげー！　いっぱいある！　杏先生が買って来たの?」

「編集部経由で詩季さんに送られて来たんです」

「へー。詩季さんいないのに、食べて良いの?」

「詩季さんの分は残してあるので大丈夫ですよ」

「やったぁ！　ひー君、どっちが一度に沢山食べられるか勝負しようぜ！」

「翼《つばさ》。咲希《さき》。二人も遠慮しないで食べてくださいね」

杏に呼ばれ、隣の部屋でアニメを観《み》ていた小柄《こがら》な少年と少女が食卓に戻って来た。

五人の子どもたちが再び一つのテーブルを囲んで座る。

学年で言えば、高校二年生の三好詠葉。

中学二年生の問題児、安川大和《やすかわやまと》と、『ひー君』と呼ばれる鳴神幹久《なるかみみきひさ》。

小学六年生の眼鏡男子、蓮野《はすの》翼《つばさ》。

最年少の小学四年生で、もう一人の女子生徒、三浦《みうら》咲希《さき》。

この五人が、今年、静鈴荘で下宿している生徒だ。

「佐伯さんはイチゴ、お嫌いですか？」

「いえ、そんなことないです。夏に食べられるなんて嬉しいです」

「では、遠慮せずに食べて下さいね。まだ沢山ありますので」

「ありがとうございます。イチゴか。イチゴなんて久しぶりだな」

佐伯の感想を聞き、男の子たちが笑い出す。

「佐伯さんって変だね。亮子先生みたい」

「え、俺、何かおかしなこと言った？　皆はイチゴ、よく食べるの？」

佐伯の問いに対して、再び男の子たちが笑う。

女の子には箸《はし》が転んでもおかしい年頃があると言うけれど、大和や幹久もまた、そんな頃合いの年齢なのかもしれなかった。

「ちなみに詩季さんというのは、どなたですか？」

遠慮がちにイチゴに手を伸ばしてから、佐伯が尋ねる。

「夫です。今日は珍しく出掛けているようなので、ご紹介が出来ませんでした」

「詩季さんは小説家なんだよ。舞原詩季って聞いたことない？」

自分のことのように誇らしげな笑顔で、ひー君が質問する。

「ごめん。小説には疎《うと》くて……」

「そっかぁ。詩季さんは凄いんだよ。ベストセラー作家だから、超お金持ちなの。だから僕らの授業料は全部、詩季さんが払ってくれているんだ」

「そうなんですか？」

「ええ。生徒から授業料は頂いていません」

「それで経営は成り立つんですか？」

「今のところは」

「ねえねえ。佐伯さんってさ、亮子先生と似ているよね。ほら、亮子先生も駅で行き倒れていたところを杏先生が拾ってきたんでしょ。佐伯さんも静鈴荘で働けば？」

「それ良いな！　佐伯さんってサッカー好き？」

屈託のない顔でひー君が提案し、隣から大和が同調する。

「そうだね。人並みには好きだと思うよ」

「やったぁ！　じゃあ、先生になってサッカーを教えてよ！　せっかく庭が広いのに、杏先生、体育はやってくれないんだもん。俺、ずっと、男の先生が欲しかった」

「大和、授業は体育だけが良いって、ずっと言ってたもんな」

「俺、体育と給食以外、全部、嫌い！」

「帰る場所がないなら、ここで先生をすれば良いじゃん！　そうしようよ！」

盛り上がる男子二人に見つめられ、杏が口を開く。

「実は私も同じ提案をしようと考えていました。今、静鈴荘には十一人の生徒がいて、教師は二人です。先ほど名前が挙がった亮子さんは大学生なので、手伝ってもらえる日の方が少ないんです。私一人でも回せないことはないんですが、何せ子どもたちの学年がバラバラなので、それぞれに十分な時間を割《さ》けていないというのが実情です」

「俺がここで教師を？」

「空《あ》いている部屋が幾つかありますので、住み込みで働いて頂けます。もちろん、給料もお支払いします。詩季さんの許可を得ることが条件になりますが……」

「大丈夫だよ！　だって詩季さん、杏先生の言うことに絶対逆《さか》らわないじゃん！」

あっけらかんと大和が告げる。

「そうですね。まず反対されることはないと思います。いかがでしょうか？　私は理系が専門なので、可能であれば文系科目を担当して頂けると助かります」

「担当は……出来ます。仕事をもらえて、住む部屋までもらえるんなら、正直、断る理由はないです。でも、本当に良いんですか？　赤の他人が同じ家で暮らすなんて……」

「誰だって最初は、赤の他人でしょう？　もちろん、試用期間は設けます。その上で任せられないと判断せざるを得ないようなら、契約は解除させて頂きます」

「分かりました。頑張ります。頑張らせて下さい！」

「ここは学校ではありません。そんなに構えなくて大丈夫ですよ。たとえ教え方が拙《つたな》くても、子どもたちの心に寄り添うことが出来る方であれば、歓迎です」

「やったぁ！　じゃあ、今から佐伯先生だね！」

大和がガッツポーズを作る。

「ねえ。佐伯先生！　明日から体育を教えてよ！　俺、社会とか国語は嫌い」

「僕は社会も教えて欲しいなー。でも、体育もやりたい」

「うん。頑張るよ。よろしく。あ、もう一度、皆の名前を聞いて良いかな」

佐伯の言葉を受けて、五人の子どもたちの自己紹介が始まる。

若く新しい教師を、全員が歓迎しているのだろう。佐伯に対し、不審の眼差しを見せる者はいなかった。

四人の自己紹介が終わった後で、詠葉がスケッチブックを広げる。

『三好詠葉、高校二年生です。私は声が出せません。でも、皆の声は聞こえます。』

「それは、そういう病気……なのかな？」

佐伯の問いに対し、詠葉は困ったような顔で首を傾《かし》げた。

「病名で言えば、緘黙症となります」

杏が答える。

「不安障害の一種と言ったら分かりやすいでしょうか。声帯に問題があるわけではなく、精神的な理由で声が出せないんです。詠葉の意思を確認する際は、留意して頂けたらと思います」

「分かりました。あの、力になれることがあれば、何でも言ってね」

佐伯の言葉に、詠葉は嬉しそうに頷いた。

「佐伯さん。静鈴荘には守ってもらわねばならない絶対のルールが二つあります」

「はい。何でしょうか」

「一つ、二階は男子禁制です」

静鈴荘で暮らしている女性は四人。教師の杏と大学生の亮子、生徒の詠葉と咲希だ。四人の個室も、それぞれ二階にある。

「分かりました。つまり俺の部屋は一階ということですね」

「佐伯先生。俺、ひー君と二階に侵入したことあるけど、見つかった時、マジですげー怒られたから、階段を上がる時は気を付けた方が良いよ」

「大和。気をつけるんじゃなくて禁止です」

「禁止ってことは、やれってことだからさ。佐伯先生、頑張ってよ！」

大和は静鈴荘一の問題児だ。勉強が大嫌いで、悪戯《いたずら》好きの彼は、三日に一度の頻度で、杏に大目玉をくらっている。

「大和。後で教室に来なさい」

「何で！　俺、今日、サラダも残してないよ！」

「あ、あの、大丈夫です。俺は二階に上がりませんので、許してあげて下さい。それより、もう一つのルールは何ですか？」

「彼を本名で呼ばないことです」

そう言って、杏は幹久の肩に手を置いた。

「じゃあ、これから何と呼べば……」

「皆と同じように『ひー君』と呼んで下さい」

幹久が笑顔で告げる。

「分かりました。でも、それが二つのルールの内の一つなんですか？」

「佐伯さん。これは冗談でも、あなたをリラックスさせるための方便でもありません。言葉の通りです。絶対に彼を本名では呼ばないで下さい」

その声色《こわね》で本気で言っていることが伝わった。

怪訝《けげん》な眼差しを浮かべながらも佐伯が頷き、杏は話を進める。

「話はまとまりましたね。では、皆でイチゴを食べましょう」

3

佐伯道成が静鈴荘に馴染むまでに、さしたる時間は必要なかった。一緒に遊んでくれる大人が現れたことが嬉しいのだろう。大和と幹久はあっという間に懐《なつ》いたし、通学生にも受け入れられた彼は、一週間後には正式採用となる。それから、すぐに高校生クラスの担任に指名されていた。

現在、静鈴荘で学んでいる高校生は三人である。

学年で言えば高校二年生の詠葉、高校一年生の高塚秀明《たかつかひであき》と岡本淳奈《おかもとじゅんな》だ。秀明と淳奈は共に通学生だから、佐伯と過ごす時間は必然的に詠葉が一番長くなる。

小説家の詩季は生活リズムが夜型の上、大抵自室にこもって執筆している。瑠伽はそもそも帰って来ない日の方が多い。二人が子どもたちとあまり話さないこともあり、佐伯は詠葉にとって初めて長い時間を共有する大人の男になった。

佐伯は話せないことを理由に、詠葉を特別扱いすることはなかった。

伝えたいことがある時、詠葉は筆談を用いる。そのせいでコミュニケーションに人より時間がかかってしまうわけだが、佐伯は「焦らなくて良いよ」なんて言いながら、いつだってゆっくりと待ってくれる。

「詠葉。率直なところ、俺の授業ってどうなのかな」

高校生クラスの担任に就任した日、佐伯はそんなことを尋ねてきた。

佐伯は自分を飾らない。見栄《みえ》も張らない。詠葉からしたら立派な大人だが、その大人が自分たち生徒に対して、不安の色を隠さないことが不思議だった。

「静鈴荘に来た初日にも、よく分からない理由で笑われたしさ。ここの子どもたちに、俺の授業ってどう映っているのかなって」

『楽しいですよ。新鮮です。』

少しだけ考えてから、詠葉は筆談でそう答えた。

正直に言えば、説明は杏の方が分かりやすい。国語の授業も、専門である亮子の方が上手だ。でも、それはきっと、年齢や経験値から生まれる差でしかない。

佐伯からは熱意が伝わってくる。その日、自分たちに教える内容を、しっかり準備してきてくれたのだということが分かる。

静鈴荘は正規の学校じゃない。フリースクールだ。授業の進度は高校と異なっているし、そもそも、それぞれの学年の教育課程を学んでいるわけでもない。

秀明は去年、静鈴荘を卒業した姉と同じように、大検を取って医学部に進学したいと考えている。詠葉も同様に教育学部の受験を考えている。

一方、もう一人の高校一年生、淳奈は勉強が好きではない。中学をドロップアウトしたのも、端的に言えば、授業についていけないことが原因だったそうだ。

勉強が苦手な淳奈は、漫画を読んでいることが多い。時々、授業に参加することがあっても、勉強しているのは中学一年生レベルの英語や数学である。

佐伯は大学受験を考えている詠葉や秀明に対しても、淳奈に対しても、授業に臨《のぞ》む姿勢を変えない。詠葉が喋れなくても、淳奈が何度同じ問題につまずいても、馬鹿《ばか》にしたりはしない。とても優しい先生だ。八つしか年齢の違わない佐伯は、詠葉にとって先生であると同時に『お兄ちゃん』のような存在でもあった。

「年齢がバラバラの学生たちを教えるのも初めてだし、俺はまだ若輩《じゃくはい》だからさ。気付いたことがあったら、何でも遠慮せずに言って欲しい。良い先生になりたいんだ」

教え子の前で未熟を認めるのは、勇気のいる行為だと思う。しかし、佐伯はそれが出来る大人なのだ。虚勢を張って権威を誇示する大人たちより、ずっと立派だと思った。

佐伯が正式に採用された日の翌日。

夕食後に、詩季が大量に買ってきた花火で遊ぶことになった。

買って来た張本人のくせに、子どもたちの喜ぶ顔を見ただけで、詩季は自室に戻ってしまった。いつものように締め切りに追われているのだろう。

赤、青、黄、緑。鮮やかな光で、静鈴荘の庭が染め上げられていく。

幹久、大和、翼の男子三人が、花火を手に庭を走り回り、臆病《おくびょう》な咲希も時間が経つにつれ、恐る恐る自分で花火を持てるようになった。

遊んでいる時の男の子たちの集中力は本当に凄い。授業中はすぐに脱線するくせに、次から次へと新しい遊びを発見している。彼らが両手に花火を三本、四本と持ち、同時に火をつけていくせいで、あれだけ大量にあった花火が一気に数を減らしていった。

「杏先生。私、お酒が飲みたい」

「亮子さんはまだ十代ですよね」

教育学部、国文学科の現役学生である亮子は、かなりの変わり者だ。教師を目指しているくせに、子どもたちに聞かせられないようなことも平気で口にする。

「細かいなぁ。世界には十九歳でお酒を飲める国が沢山あるんですよ」

縁側に座り、亮子は不満そうに呟く。

「私、発見したんです。ワインセラーにチリ産の赤い物《ぶつ》が沢山ありましたよね」

「チリの飲酒解禁年齢は二十一歳ですよ。だから駄目です。その代わりと言っては何ですが、スイカを切りましょうか。差し入れをもらったんです」

「え。スイカあるの？　やった！」

「今、用意しますね。咲希、切るのを手伝って」

「私も手伝いますよー」

杏、亮子、咲希が台所に消え、縁側には詠葉と佐伯が残される。

男の子たち三人は、着火した花火が消える前に、クスノキによじ登るという、タイムアタック的な遊びに夢中になっていた。さすがに付き合いきれなくなったのか、佐伯は滴《したた》る汗を腕で拭《ふ》くと、縁側に腰掛けていた詠葉の隣に座った。


二人でどれくらいの時間、花火と男の子たちを見つめていただろう。

ふと思いついたことがあり、詠葉はポケットに入れていたメモ帳にペンを走らせた。

『佐伯先生はどうして教師になろうと思ったんですか？』

突然の問いを受け、佐伯は曖昧《あいまい》に笑う。

遠い過去でも思い出すように月を見つめて、それから佐伯は口を開いた。

「小学生の頃に一週間くらい学校をズル休みしたことがあるんだよ。鍵《かぎ》っ子《こ》だったから、具合が悪いって学校に嘘の連絡を入れておけば、親にもばれないかなって思って」

『それはズル休みだったんですか？　何か理由があったのでは？』

「転校先のクラスに、いじめられている女の子がいたんだ。恥ずかしいことするなよって怒ったら、標的が変わった。引っ越してきたばかりの新参者に注意されて、腹が立ったんじゃないかな」

『それ、佐伯先生は悪くないと思います。』

「ありがと。一週間は学校にもばれなかったんだ。でも、さすがにおかしいと思われたんだろうな。ある日、真っ昼間に突然、担任がうちに現れた。『お前、本当は熱なんて出してないだろ』って。あれは慌てたなぁ。絶対に怒られると思った」

苦笑いを浮かべながら佐伯は続ける。

「逆に謝られたんだよ。『一週間も気付いてやれなくてごめん』って。それから、色々と話を聞いてもらった。大人って、こんなに話を聞いてくれるんだって、びっくりした。先生、俺が一週間ズル休みしたことを、親にも隠してくれたんだ。通知表に欠席数を書くところがあるけど、『ばれても俺が校長に怒られるだけだから』って言って、日数まで誤魔化してくれた。何かさ、そういうのが嬉しかったんだよな。幾ら注意されても、嫌がらせをするような奴《やつ》らは、他人の痛みが分からないから悪さをやめない。それでも、気付いてくれた人がいたってことが嬉しかった。それで、また学校に通い始めたんだ。その時かな。俺も将来、先生になりたいって思ったのは」

『教師を目指したのは、ご両親の影響ではなかったんですね。』

「ああ。親は関係ないよ。親を尊敬出来るなんて思ったこと、一度もない。まあ、一概に教師って言っても、色んな人間がいるしな」

佐伯は寂しそうに告げる。

「皆！　スイカを食べましょう！」

その時、後方から杏の声が響いた。

振り返ると、先ほど台所に消えた三人が、お盆にスイカを載せて立っていた。

冷えた甘いスイカを口に運びながら、詠葉は隣に座る佐伯のことを思っていた。

「普通」って何だろう。昔から時々、そんなことを考えることがあった。

不登校を経験して、一度は「普通の道」から外れかけた佐伯。それでも、彼は教師になった。つらい目に遭った後も歯を食いしばり、努力をして、夢を叶えたのだ。

杏は器用で、美人で、素敵な夫がいる。

教育学部に通う亮子は、いつだって自由で、大学生活を満喫しているように見える。

少なくとも詠葉は、杏と亮子の二人に闇を感じていない。声を出せないというハンデを抱《かか》えながら、教師になりたいと願う自分に、一番近いのは佐伯なんじゃないだろうか。

だから、それは必然だったのかもしれない。

一人の男ばかりを目で追っていたら、いずれは誰かが悟る。

週末の金曜日。

「ねえ、詠葉ちゃんってさ。もしかして佐伯先生のことが好きなんじゃない？」

お昼ご飯を食べている最中、不意に淳奈に告げられ、詠葉は固まってしまった。

……佐伯先生を好き？

淳奈が真顔で、こちらを見つめていた。

「詠葉ちゃん。最近、嬉しそうだから。もしかして、そうかなーって」

考えたこともなかった。

『恋』なんて、ずっと、物語の中だけの話だと思っていた。

自分が誰かを好きになるなんて、そんなこと今日まで一度だって……。

教室の前方で、佐伯は今日も男子生徒に囲まれている。精悍《せいかん》な笑顔を浮かべ、大和たちと下らないことを喋りながら、杏が用意した昼食を食べている。

自分は何か特別な感情を抱いて、佐伯のことを見ていたんだろうか。

気付かなかっただけで、本当は心の中で先生のことを……。

「私、応援するよ」

淳奈が小声で告げる。

「だって詠葉ちゃんには幸せになって欲しいもん。あんなことがあったんだから、詠葉ちゃんは普通の人より幸せにならなきゃ駄目だと思う」

最近、ニュースで聞いた。

瀬戸内バスジャック事件は、十年目の今年、時効を迎えるらしい。

時効を迎えたら、もう犯人は捕まらない。警察の捜査だって終わりだ。
その日がきたら、自分は今度こそ解放されるんだろうか。
あの日の恐怖を、もう二度と思い出さなくなるんだろうか。

……多分、そんなことはない。
事件が時効になったって、都合良く何もかもを忘れたりなんて出来ない。
警察の捜査が打ち切りになっても、心に残る傷跡は消えたりしない。
だけど、もしかしたら。
恋をしたら。
何かが変わるかもしれない。
男の人を好きになって、そうやって世界が変わったら……。

三好詠葉の小さな胸が、今、少しだけその鼓動を速めた。

第一話

教師って探偵みたいですね

1

静鈴荘《せいりんそう》の新米教師、佐伯道成《さえきみちなり》の朝は早くも遅くもない。

平日の起床時間は午前七時四十五分。朝食の会が始まる十五分前に起床し、髭《ひげ》を剃《そ》り、顔を洗って寝癖《ねぐせ》を直したら、そのまま味噌《みそ》汁《しる》の匂いが漂い始めた居間へと向かう。

一九九九年、七月十二日、月曜日。

今日も佐伯のルーティーンは変わらない。

午前八時、いつも通りのタイミングで畳座敷《ざしき》に足を踏み入れる。

「おはようございます。佐伯さん、今日の放課後、時間をあけておいて下さい」

静鈴荘の経営者で、上司でもある舞原杏《まいばらあんず》に声をかけられた。

化粧もしていないのに、血色が良く、朝に強い杏は、今日も生命力に満ち溢れている。

「何かの業務ですか？」

「入校希望者との面談をおこないます。生徒は高校一年生なので、佐伯さんにも立ち会って欲しいんです」

一般の高校ならば、期末テストが終わり、夏休みを目前に控《ひか》えたタイミングである。

「そっか。フリースクールだとこんな時期にも入校希望者がいるんですね」

「むしろ四月からという方が珍しいかもしれません。大抵の問題は、時間と共に顕在化《けんざい》するものですから」

「面談をする学生は男子ですか？　女子ですか？」

「男子と聞いています」

現在、佐伯が担任を務める高校生クラスには、三人の生徒がいる。

学年で言えば高校二年生の三好詠葉《みよしうたは》、一年生の高塚秀明《たかつかひであき》と岡本淳奈《おかもとじゅんな》である。

同い年の男子が増えることを、秀明は喜ぶだろうか。彼には排他的なところがあるから心配だった。秀明にせよ、新入生にせよ、誰とでも上手《うま》くやっていけるタイプなら、そもそもフリースクールになんて通わない気がする。

現在、静鈴荘《せいりんそう》で学んでいる十一人の児童・生徒たちは、それぞれに個性的ではあるものの、素直な子が多い。

新しくやってくる生徒は、どんな問題を抱えているんだろう。

一抹《いちまつ》の不安を覚えながら、佐伯は放課後を待つことになった。


入校を検討しているという親子が現れたのは、午後四時過ぎのことだった。

静鈴荘では授業が終わっても、すぐに帰宅する生徒の方が少ない。教室や庭で思い思いに遊んでいた子どもたちは、見慣れない親子の来訪に一瞬でざわつき始める。新しい仲間が加わるかもしれないと気付いたのだ。

興味津々《きょうみしんしん》といった顔で教務室までついてきた大和《やまと》とひー君を廊下に残し、緊張した面《おも》持《も》ちの親子と対面することになった。

子どもたちの気質や事情は、当然ながら一人一人異なる。一括《ひとくく》りにすることは出来ないが、静鈴荘で暮らし始めてすぐに、佐伯は共通の特徴を感じ取るようになった。それは、皆が何かしらのコンプレックスを抱えているということである。

精神的なもの、肉体的なもの、生徒自身とは無関係のもの、種類は違えど、子どもたちは大なり小なり何らかの劣等感に苛《さいな》まれている。

だからだろうか。その日の面談で、佐伯は意表を突かれることになった。現れた男子生徒の印象が、完全に想定外のものだったからだ。

島田裕貴《しまだゆうき》という名のその生徒は、背が高く、ルックスにも恵まれていた。この容姿なら女子からも人気があるだろう。

だとすれば、外見ではなく性格や気質に問題を抱えているのかもしれない。そんな佐伯の推測も、わずか数分で霧散する。裕貴は礼儀正しく、物怖《ものお》じしない性格で、『優等生』という言葉が似つかわしい十六歳だったからだ。

聞けば、彼が通っていた北進《ほくしん》高校は、近隣で最も名の通った公立の進学校らしい。中学時代、サッカー部のエースだったという彼には、およそ欠点が見つからなかった。

初対面の大人の前で、猫を被っているという可能性は捨て切れない。本当は物凄《ものすご》く底意地が悪いとか、人に言えない類《たぐい》の悪意を抱えているとか、考えられそうなことは幾つかあったけれど、面談では何も分からなかった。

学生時代のカーストなんて、運動神経、学力、見た目辺りの表層的な要素で決まってしまう場合が多い。母子家庭らしく、経済的な事情で私立には進学出来なかったという話だが、これだけ恵まれていれば、ルサンチマン的な感情に支配されることもない気がする。

面談中は母親がずっと喋っていた。

彼は中学時代、三年間、一度も学校を休んだことがないらしい。難関と言って良い進学校に、親友と共に合格し、当初は遅刻もせずに普通に通っていたという。だから母親は戸惑うことになった。六月に入った頃より、息子が突然、学校を休むようになり、最終的には退学したいと言い出したからだ。

理由を聞いても、返ってくるのは『誰かに敷かれたレールの上を歩く人生が嫌になった』という、中途半端《ちゅうとはんぱ》な答えなのだという。

数ヵ月前まで死に物狂いで受験勉強をしていたのに。あれだけ頑張って希望の高校に入学したのに。どれだけ母親に諭《さと》されても、裕貴の意思は変わらなかった。

そして、七月になり、母と息子の気持ちの間を取るように、休学届が提出された。

「裕貴が主張する退学理由が、私には信じられないんです。本当は学校で何か耐えられないことがあったからなんじゃないかと思っています」

母の断定を、裕貴は否定も肯定もしなかった。

「学校がすべてだとは思いません。本心でやめたいと思っているなら、認めても良い。だけど、どうしてもそうは思えないんです。だから少し休ませることにしました」

休学届は先週末に提出されたばかりだという。

「私が不甲斐《ふがい》ないせいで、この子には昔から迷惑をかけてばかりです。家計を助けるためにアルバイトをすると言って、裕貴は高校では部活に入りませんでした。あんなにサッカーが大好きだったのに。推薦の話だってあったのに。自分を犠牲にして」

「俺は犠牲になったわけじゃないよ。アルバイトは大学に行く金を稼ぐためだ」

高校には通いたくないのに、大学には進学したいのか。

同じ違和感を覚えたのか、杏と一瞬、目があった。

「この子が本心で選んだ道なら応援します。ただ、もしも本当に高校がつらくて、それでやめたいということなら、学年が変わるだけで状況は変わると思うんです。例えば、いじめや嫌がらせが原因なら、クラスが変わるだけで終わる話です。一年間休学して、来年、また頑張れば良いんじゃないかって」

これだけのスペックを持つ子が、いじめになんて遭うだろうか。小学生や中学生ならいざ知らず、地域随一の進学校に通う高校生たちが、嫌がらせみたいな下らないことに、集団で時間を割くというのも考えにくい気がする。

「来年、裕貴が高校に戻るなら、それで良い。留年は恥ずかしいことかもしれないけど、浪人だって状況は同じですよね。一年の遅れなんて大人になれば些末《さまつ》な話です。ただ、本当に高校に戻るつもりがなかったとしたら、そう考えたら怖くなりました。裕貴は大学に行きたいと言っています。でも、恥ずかしながら、うちには塾に通わせるだけの余裕がありません。そんな時に、高塚美佐絵《たかつかみさえ》ちゃんのお母さんに聞いた話を思い出したんです」

高塚美佐絵というのは秀明の姉である。今年の春、静鈴荘から巣立っていったという彼女に、佐伯は会ったことがないが、杏から話は聞いていた。

「高塚さんとお知り合いだったのですね」

「はい。パート先が同じなんです。時々、子どもたちの話を聞いていました。美佐絵ちゃん、高校にも塾にも通っていなかったのに、国立の看護科に合格したんですよね。それに、ここは授業料を取っていないって……」

「一つ、誤解を訂正しておきます。美佐絵さんの合格は、あくまでも彼女自身の努力の結果です。授業面での希望にはなるべく応《こた》えるつもりですが、進学塾と同じレベルのクオリティは保証出来ません。私は理系が専門ですし、文系担当の佐伯は新人です」

「はい。もちろん、それは分かっています。でも、塾に通わせる余裕はないので……。休学している間だけでも、こちらで面倒を見てもらえないかと思って」

「ご希望は承知しました。裕貴君」

　杏が穏やかな眼差しで、少年を見つめる。

「君の気持ちを聞かせてもらえませんか。静鈴荘はフリースクールです。高卒の資格を取りたい場合、別途、試験を受ける必要がある。高校生にとっては、あくまでも補助的な施設でしかないんです。それでも、ここで勉強したいですか？」

「……母が望むなら」

「裕貴。それは失礼でしょ。あなたの気持ちを話しなさい」

「良いんですよ。気持ちを言葉にするのは難しい。お母さんが望むから。それも立派な理由です。休学届は提出済みなんですよね？」

「はい。先週」

「では、明日からいらして下さい。入学に際して特別な手続きはありません。学費や教材費は不要ですし、いつやめるのも自由です。真面目《まじめ》に勉強している子もいますが、日々、遊んでいるだけの子もいます。漫画や洋裁に夢中な子もいます。いつか話したくなった時に、あなたの気持ちを相談してくれても良いし、何も語らずに去っても構いません。ここはそういう場所です」

杏の話に真剣な顔で耳を傾けた後。

「俺なんかがいても迷惑じゃないなら、静鈴荘に通ってみたいです」

わずかに怯《おび》えたような眼差しで、裕貴はそう告げた。

2

高校生クラスの詠葉や秀明、淳奈は、杏から引き継いだ生徒である。島田裕貴は佐伯にとって、初めて自分が最初から責任を持って教えることになる生徒だった。

優等生にしか見えなかった裕貴の印象は、実際に彼が静鈴荘に通うようになっても変わらなかった。礼儀正しく、誰に対してもその態度は変わらない。小学生から高校生までが在籍する独特な空気にも、すんなりと順応していた。身体を動かすことが好きな大和やひー君には、あっという間に慕われるようになった。

サッカーが上手い裕貴は、大和にとってそれだけで尊敬の対象なのだろう。これまで大和は暇さえあれば佐伯の傍にやって来ていた。しかし、裕貴の入校以降、その座は、あっさりと取って代わられた。

しつこいくらいに大和に懐かれても、裕貴は嫌な顔一つ見せなかった。

きっと、学校や部活でも良い兄貴分だったのだろう。自然とそれが察せられた。

ただ、裕貴がそういう生徒だったからこそ、疑念は募《つの》っていく。

本当に、彼が何故《なぜ》、不登校になったのか、まったく想像がつかなかった。

裕貴の母親は、秀明の母親と勤め先が同じという話だが、息子同士は知り合いではなかったらしい。二人は初対面であり、身体を動かすことが嫌いな秀明が、裕貴と仲良くなるということはなかった。

秀明は姉と同様、医学部を目指している。それも姉が進学した看護科ではなく、医学科を目指しているらしい。彼は誇らしげに、そう公言している。

しかし、秀明は口とは裏腹に、継続した努力の出来ない生徒でもあった。

これまでは同学年に淳奈しかいなかったせいで浮き彫りにならなかったが、裕貴が入校したことで、悪い意味で、その自己評価の高さが目立つようになってしまう。ばつが悪いのか、学力の差を感じ取って以降、秀明はますます裕貴に対して距離を取るようになってしまった。これまで通り、放課後も真っ先に帰って行く。

一方で、意外にも淳奈は裕貴とよく喋っている。二人は同じ小・中学校の出身で、淳奈が不登校になるまではクラスメイトだったこともあったらしい。

淳奈なら裕貴が休学した理由について、思い当たる節があるかもしれない。そんな期待を抱いたものの、返ってきた答えは意外性のないものばかりだった。

優等生だった。小学生の頃から人気者だった。友達も多かった。

「先生はさ、『ちびまる子ちゃん』って見たことある？　大野《おおの》君と杉山《すぎやま》君って男の子がいるでしょ。クラスの中心で、人気者の二人組」

「あー。いたかもな」

「私の中で裕貴君は大野君なんだよね。で、もう一人、サッカー部に戸川龍之介《とがわりゅうのすけ》君って友達がいたんだけど、そっちが杉山君。見た目もそんな感じ」

「えーと、友達っていうのは裕貴の？」

「うん。小学校時代からの親友。いつも一緒にいたし部活も同じだった。あ、確か龍之介君も北進高校に進学してたよ。二人とも頭良かったもん」

面談で裕貴の母親も親友のことを話していた気がする。

「大野君と杉山君か」

「うん。だから裕貴君が学校に行ってないって聞いて、びっくりした。龍之介君と喧嘩《けんか》でもしたのかな。それくらいしか考えられないや」

裕貴は静鈴荘であっという間に年下の男の子たちに慕われるようになった。それどころか、たった数日で、静鈴荘になくてはならない存在になっている。

『誰かに敷かれたレールの上を歩く人生が嫌になった』という言葉が、真実、彼の本音なのだとしたら、フリースクールにも通わないだろう。ましてや大学進学など目指さない。

分からないから、その本心が見えないから、余計に気になってしまう。

今、彼の担任は自分だ。力になりたい。

隠している気持ちを話してもらえるような、そんな教師になりたいと思った。

3

五人の子どもたちが暮らす静鈴荘は、夜も賑《にぎ》やかである。

詠葉と咲希《さき》が料理を手伝い、残りの男の子たち三人は食後の後片付けを手伝う。それが杏の定めたルールだが、中学二年生の二人組、大和とひー君は何だかんだと理由をつけて、日々、お手伝いをサボタージュしている。

その日も杏の目を盗んで台所から抜け出した二人は、教室で明日の準備をしていた佐伯の下にやって来た。

「ねえ、佐伯先生ってさ、この本を読んだことある？　詩季《しき》さんが書いた本なんだけど、これだけ教室に置いてないんだよね」

ひー君が懐《ふところ》から取り出した本の表紙には『残夏《ざんか》の悲鳴』と書かれていた。

「いや、読んだことないな」

「十年くらい前にバスジャックがあって、詩季さんはその時に人質になったんだって。凄い有名な事件らしいんだけど、佐伯先生は知らない？」

「あー……。瀬戸内バスジャック事件のこと？」

「そう！　それ！　やっぱり大人は知ってるんだ」

「しばらくの間、ずっとニュースでやっていたしね」

「犯人はまだ捕まってないんでしょ」

「そう言えば、逮捕されたって話は聞かないな」

「うん。だから戦後最大の未解決事件なんだよ。でもね、詩季さんはこの本で、どうやって犯人がバスから逃げたかを突き止めているの。それで、この本がベストセラーになって、人気作家になったから、僕たちの授業料を全部払ってくれているってわけ」

率直に言って、舞原詩季《まいばらしき》が人気作家であることと、学費を負担していることとの因果関係が、佐伯には分からない。改めて考えてみても奇妙な話である。

杏は児童・生徒から授業料も教材費も取っていない。それどころか毎日、通学生にまで昼食を用意している。静鈴荘は民間の施設だから、行政からの金銭的な補助を受けているわけでもない。収入はゼロなはずなのに、自分や亮子《りょうこ》にも給料が支払われている。

運営に必要なお金、そのすべてを詩季が個人で負担しているのだろうか。

詩季は自室にこもっている時間が長く、日中はほとんど顔を見せない。夜型の生活を送っているらしく、朝食時に姿を見かけたこともない。

色白で感情の起伏に乏《とぼ》しく、言葉数も少ない杏の夫。ここで暮らし始めて二週間経つが、舞原詩季のことが佐伯にはよく分からない。家主であるはずなのに、彼はいつも杏の言葉に、ただ頷くだけだ。杏が佐伯を働かせたいと告げた時も、何を確認することもなく「構いません」と言っていた。

夕食の席で子どもたちがどれだけ騒いでも、詩季は怒らない。穏やかな眼差しで、静かに子どもたちや杏を見つめている。

小説家というのは皆が、あんな人種なのだろうか。舞原詩季はこれまでに出会った誰とも違う、不思議な空気感を持つ男だった。

「佐伯先生もこの本を読んだ方が良いよ」

「面白いの？　さっき、この本だけ教室に置いてないって言ってたよな」

周囲に誰もいないことを確認してから、ひー君が小声で告げる。

「先生って詠葉ちゃんが喋れない理由を聞いた？」

「緘黙症っていう病気だって聞いたけど、理由は知らないな」

「あのね、詩季さんと一緒に、詠葉ちゃんも人質になっていたの。この小説に出てくる七歳の女の子って詠葉ちゃんのことなんだよね。事件のせいで声が出なくなったみたい」

ひー君はお喋りである。聞かれていないことまでペラペラと喋ってしまうタイプだ。

「詠葉ちゃんのことは皆が知ってるし、先生も知っておいた方が良いと思う」

「そっか。教えてくれて、ありがとう。声が出せなくなるってことは、よっぽどつらい目に遭ったんだろうな」

「本を読んだら分かるよ。これ、僕のだから貸してあげる」

「ありがとう。読んでみるよ」

その時、教室の扉が勢いよく開いた。

「あー！　やっぱり、ここでサボってた！」

現れたのは小学六年生の眼鏡男子、蓮野《はすの》翼《つばさ》だった。

「ひー君と大和君がいなくなったから、お皿、僕が全部、洗ったんだよ！」

「悪い。悪い。明日は俺たちがやるから」

「本当に？　絶対だよ。またサボったら杏先生に言うからね」

口をとがらせて抗議してから、翼は佐伯が持っている本に視線を移す。

「あ。『残夏の悲鳴』だ」

どうやら本当に、この小説のことは皆が知っているらしい。

「翼もこの本を読んだことがあるのか？」

「うん。読んだよ」

「凄いな。大人向けなのに」

「だって、僕、将来は探偵になるんだもん。このくらい読めるよ」

「翼はミステリー小説が好きなんだったっけ？」

彼は授業中も時々、本を読んでいる。

「うん。佐伯先生は好きなミステリー作家っている？」

「いやぁ。俺はあんまり本を読まないからな」

「じゃあ、好きな探偵は？」

「探偵？　探偵は金田一少年とかコナン君しか知らないなぁ」

「それ、漫画じゃん。先生なんだから小説も読みなよ」

「そうだよな」

「今度、貸してあげる。僕のお薦めはね。エラリー・クイーンだよ」

翼は胸を張る。

「へー。翼は女の作家が好きなのか」

「何言ってるの？　男だよ」

「でも、クイーンって女王だろ」

「ペンネームだよ！　クイーンはフレデリック・ダネイと、いとこのマンフレッド・ベニントン・リーの二人組。ちなみにバーナビー・ロスも同じ作家だからね。先生なのにそんなことも知らないの？」

「そうだったんだ。ごめん。俺、本当に小説に疎くて」

「じゃあ、お薦めを十冊持ってくるから、一週間で読んでよ」

「一週間？　そりゃ、ちょっと無理だろ。授業の準備もあるし」

「じゃあ、十日」

「一日一冊か。読めるかなぁ」

「感想文も書いてね。僕、昔から思ってたんだけど、生徒に読書感想文を書かせる前に、まずは先生がお手本を見せるべきだと思う」

「読書感想文か。俺に書けるかなぁ」

「約束だからね！　絶対に書いてよね！」

安請《やすう》け合《あ》いするべきではなかった気もするが、子どもたちの期待にはなるべく応えられる教師でいたい。それが今の佐伯の信条だった。

静鈴荘には傷を負った子どもたちが集まっている。彼らが大切にしているものを、同じ熱量で大切にしてあげたかった。

4

様々な事情を抱えた子どもたちが集まるフリースクールで、自分に教師が務《つと》まるだろうか。当初、覚えた不安は、今のところ顕在化していない。大きな問題も起きていないし、それなりに全員と上手くやれている気がする。

転校が多かったこともあり、佐伯は子どもの頃、居場所を見つけることが苦手だった。何に劣《おと》っているわけでもないはずなのに、正体の分からない不安が、いつも首の後ろ辺りにつきまとっていた。そういう人生だった。

ここで出会った舞原杏という教師は、誰に対しても味方であろうとする人間だ。笑顔を絶やさない、厳しくも温かな人。彼女の傍でなら、今度こそ上手く生きていけるかもしれない。最近はそんなことを考えるようになっていた。

七月十六日、金曜日。

島田裕貴の入校から四日目の放課後。

「先生。少し話したいことがあるんだけど良いですか」

佐伯が一人で教室の後片付けをしていたら、裕貴が現れた。

「ああ。もちろん。どうした？　アルバイトは間に合うのか？」

「今日は久しぶりに休みなんです。それで、あの、こんなこと俺から言って良いのか分からないんだけど……」

裕貴の顔に、戸惑《とまど》いの色が浮かぶ。

「少し前に、相談されたんです。『死にたいと思うことある？』って」

「それは静鈴荘の誰かに質問されたってこと？」

神妙な顔で裕貴が頷く。

「俺、何て答えたら良いか分からなくて。先生は死にたいって思ったことありますか？」

正直に答えることが、いつも正しいとは限らない。世の中には、そんな質問だってあるだろう。多分、今、問われたのもそういう類の質問だ。それでも、

「あるよ。子どもの頃、裕貴くらいの年齢の時には、毎日そんなことを思ってた」

口から出てきた言葉は、嘘偽りのない佐伯自身の話だった。

「そっか。先生でもそんなこと考えたりしたんですね」

「良いことだとは思わないけどな。それに、今、生きているから言えることだ」

「そうですね。死んだら、全部、終わりです」

「相談されたのは裕貴だ。だから、君は自分の言葉で答えなきゃいけない。ただ、困った時には大人に相談して良いんだからな」

「はい。本当に困ったら、また質問します」

そんな言葉を残して、裕貴は帰って行った。

生と死の話を、裕貴に相談したのは誰だろう。

週明け、教室で生徒たちの様子を注意深く観察してみたが、答えは分からなかった。

そして、事態は意外なところから動き始める。

深夜十二時過ぎ、不意に、居間に置かれていた電話が鳴った。

佐伯が暮らし始めてから、こんな時間に電話がかかってきたことはない。子どもたちも杏も既に自室へと戻っている。佐伯が受話器を耳に当てると、

『夜分にすみません。島田です』

聞こえてきたのは、裕貴の母親の声だった。

『あの、もしかして裕貴、そちらにお邪魔していたりしますでしょうか?』

「いえ。そんなことはないですね。まだ帰っていないんですか?」

『はい。ここのところ連日、帰りが遅くて。今日もアルバイトがあったんですが、あの子、高校生だからシフトは十時までなんです。でも、いっこうに帰って来なくて……。電話で確認したら、バイトが終わってすぐに店を出たと言われたので、もしかしたら静鈴荘に寄ったのかなって。あの子、毎日、楽しそうに通っているから』

「少なくともこちらに戻って来てはいないですね」

こんな時に携帯電話でもあれば便利なのだろうが、裕貴は持っていない。

『そう……ですか。戸川君の家にも行っていないみたいだし、本当に何処へ……』

戸川というのは、確か裕貴の親友の名前だ。

『すみません。夜分に失礼しました』

「島田さん。裕貴のアルバイト先を教えてくれませんか。確認に行ってみます」

『いえ、そんなの悪いです』

「俺は裕貴の担任です。遠慮しないで下さい」

アルバイト直後に店を出たという話が本当なら、今更、向かったところで無駄足に終わるだろう。だが、それ以外に捜せそうな場所もない。

聞き取ったアルバイト先をメモに取り、玄関へ向かおうとしたタイミングで、一人の少女が居間に入ってきた。パジャマ姿で現れたのは詠葉だった。

「まだ起きていたのか？」

躊躇いがちに頷いた後で、詠葉は電話を指差した。

理解する。詠葉の自室は、この部屋の真上なのだろう。妙な時間にかかってきた電話に驚き、確かめるために下りてきたのだ。

「裕貴の母親からだった。あいつ、まだ家に帰っていないらしい。詠葉は何か心当たりってあるか？」

首が横に振られる。

「そっか。とりあえずバイト先を見に行ってみるよ。夏だからな。帰りに友達と会って、家に連絡もせずに遊んでいるとか、そんなオチだと思うけど」

サイドボードの上に置かれていたメモ帳を取り、詠葉が何かを書き込む。

『私も一緒に行きます。』

「何言ってんだ。十二時を過ぎてるんだぞ。子どもは寝ろ」

『道案内する人が必要だと思います。』

反論出来ない指摘だった。その上、

『裕貴君は危うい心配です。』

詠葉はメモ帳にそんなことまで書いてきた。

二人は同じ教室で一週間、机を並べてきた。詠葉がそう思う理由は……。

『着替えます。』とメモに書き、詠葉は二階に上がって行った。

多分、今、自分がしなければならないことは、詠葉に道案内を頼むことではなく、杏を起こし、かかってきた電話について報告することだ。こんな時間である。少なくとも詠葉は静鈴荘に置いていくべきだろう。だけど、本当にそれで良いんだろうか。

仲間を心配し、何かしたいと願えるのは、心に弾力があるからだ。

大切な何かが欠けてしまったから、詠葉は声を失った。けれど今、そんな彼女が能動的な意思を示している。その気持ちを尊重してやるべきではないだろうか。そうやって正常な心を取り戻すための手助けをしていくことが、教師の務めなんじゃないだろうか。

正しい答えなんてない。誰にも答えは分からない。

連れて行こう。自分が一緒なら危険な目に遭うこともないはずだ。八人分の朝食を作っている杏の起床は早い。解決出来るか分からない問題で起こす必要はない。

深夜十二時半、着替えた詠葉と共に、裕貴のアルバイト先へと向かった。

五月生まれの裕貴は、十六歳になるとすぐに、駅前の繁華街に店舗を構えるファミリーレストランで働き始めたらしい。店の位置を詠葉が知っていたため、静鈴荘を出て十分後には、目的地に到着していた。

二十四時間営業のファミレスは、こんな時間でも半分以上の席が埋まっていたが、裕貴の姿は見当たらなかった。店員からも、とっくに帰ったとの答えが返ってくる。

親友の家にいないことは母親が確認している。

勢いよく飛び出して来たものの、いきなり途方に暮れることになった。

お店から出た後で、袖《そで》を引っ張られ、振り返ると、詠葉にメモ帳を差し出された。

『裕貴君の家に電話をかけてみませんか？　入れ違いで帰っているかもしれません。生徒名簿を持ってきたので電話番号は分かります。』

詠葉がバッグからバインダーを取り出す。子どもたちが入校の際に提出したプロフィールがまとめられている物だった。

公衆電話を探し、島田家に電話をかけてみる。

『はい。島田です』

電話の近くにいたのか、子機が傍にあったのか、一回目の呼び出し音が終わる前に、通話が始まった。聞こえてきたのは裕貴の母の声である。

「夜分に失礼します。静鈴荘の佐伯です」

『ああ。先生でしたか』

「アルバイト先まで来てみたんですが見つからず、もしかしたら、もう帰っているかなと思いまして」

『いえ、裕貴はまだ帰っていません』

「そうですか。あの、島田さん、俺の勘違いでなければ、声が少し……」

『お恥ずかしい。電話を取るまで泣いていて……』

「何かありましたか？」

『裕貴の部屋に入ったんです。普段はそんなことしないんですけど、本当に心配で。何か分かればと思って。それで書棚に嫌な本を見つけてしまって……』

「嫌な本？　それは……」

『何年か前にベストセラーになった本です。有害図書に指定されたこともある……』

「すみません。分かりません。何の本ですか？」

『聞いたことありませんか？『完全自殺マニュアル』って』

そのタイトルを聞いて思い出す。確かに何年か前に話題になった本だ。自殺を扇動《せんどう》する目的の本ではないらしいが、発売当時にはワイドショーやマスメディアから批判を浴びていたと記憶している。

『こんな本、前はなかったはずなんです』

「裕貴の部屋で、ほかに気付いたことはありますか？」

『あとは図書館から借りてきた小説が何冊か机の上に……』

「タイトルを教えて下さい」

『『金閣寺』、『斜陽』、『地獄変』、『古都』、四冊です』

「純文学ばかりですね。あいつ、難しい本を読むんだな」

『でも、変です。いつの間に、小説なんて読むように……』

静鈴荘には作家の舞原詩季が暮らしている。身近で小説家を目の当《ま》たりにし、興味を引かれるようになったのかもしれない。

「『金閣寺』、『斜陽』、『地獄変』の作者は分かります。『斜陽』は俺も高校生の頃に読みました。『古都』って誰の本でしたっけ」

『川端康成《かわばたやすなり》と書かれています』

「あー。ノーベル文学賞を取った人か。やっぱり純文ですね。まあ、その辺りの小説に関しては気にしなくても良いと思います。さっき仰《おっしゃ》っていた『完全自殺マニュアル』のことは気になりますけど……」

『私も捜します。もしかしたら、あの子……』

「いや、お母さん。もう夜も遅いですから、女性の一人歩きは危険です。それに、いつ帰って来るかも分からないですし、彼のことは俺たちが捜します」

俺たちが捜すとは言ったものの、一体、何処《どこ》を捜せば良いのだろう。

ゲームセンターやカラオケ店をしらみ潰《つぶ》しに回るという手もあるけれど、この街は広い。手当たり次第の捜索で見つかるとは思えなかった。家計を助けるためにアルバイトをしている裕貴が、繁華街で散財しているというのも考えにくい。

念《ねん》の為《ため》、バイト先の店の近くにあったゲームセンターを覗いてみたが、やはり裕貴の姿は見つからなかった。

ダンスダンスレボリューションなる派手な筐体《きょうたい》の前に、大学生らしき集団が列を作っている。人に見られながらダンスを踊るなんて、佐伯の感覚からしたら罰ゲームみたいなものだ。それでも、これだけ行列が出来ているわけだから、よっぽど楽しいんだろうか。

お店を出ると、詠葉に袖を引っ張られた。

『裕貴君の家まで行ってみませんか。先生たちみたいに倒れているかもしれません。』

苦笑いが零《こぼ》れ落《お》ちる。言えた義理ではないが、人間がそんなに簡単に倒れるとは思えない。とはいえ、ほかに思い当たる場所がないことも事実だった。

現在地は裕貴のアルバイト先から目と鼻の先である。詠葉が言う通り、裕貴が倒れているなら、ここから自宅までの道中だろう。


親元を離れた三好詠葉は、ここ八王子で、もう四年暮らしているという。

当時、十三歳だった少女は、どんな思いで両親と離れて暮らす決断を下したのだろう。

彼女はあの瀬戸内バスジャック事件の被害者だ。かつて声を失うまでに追い詰められた少女の横顔が、クラスメイトを心配して背筋を伸ばす少女の背中が、佐伯の目には何故か哀しく映っていた。

裕貴の自宅に着いたらどうしよう。母親に頼み、帰宅を一緒に待たせてもらうべきだろうか。それとも警察に届けを出すべきだろうか。裕貴は遊びたいざかりの高校生だ。どんな可能性だって考えられる。自分が下すべき正しい判断は何だろう。

島田家へと向かう道中。

詠葉は何かを思いついたようにメモ帳を取り出し、素早くペンを走らせた。

『彼の部屋に「完全自殺マニュアル」があったんですよね？』

「ああ。詠葉は読んだことあるか？」

首を横に振った後で、詠葉はもう一度、ペンを走らせる。

『裕貴君の部屋には四冊の本が置かれていた？』

「純文にはまっているみたいだな。四冊も図書館から借りてきていたらしい」

『共通点があります。』

「共通点？　どういうこと？」

険《けわ》しい顔で詠葉は再びペンを持つ。そして、

『四冊とも作者が自殺している。』

……そうか。周回遅れでその事実を認識する。

三島由紀夫《みしまゆきお》、太宰治《だざいおさむ》、芥川龍之介《あくたがわりゅうのすけ》、川端康成、四人とも自殺した文豪だ。じゃあ、これはそういうことか？　自殺した作家の気持ちが知りたくて、裕貴はそいつらの著作を借りていたってことか？

『裕貴君を早く見つけないと！』

書き殴られた文字が、詠葉の焦りを雄弁に伝えていた。

だが、どうすれば良い？

もうすぐ島田家に着いてしまう。裕貴が帰っていない場合、次は何処を捜す？

これはもう警察に届け出た方が良い案件ではないのか？

しかし、次の展開は、佐伯が心を決めるより早く、やって来た。

島田家のある都営住宅、その一角に設けられた公園に、少年の姿があったのだ。揺れてもいないブランコに座り、ぼんやりと夜空を眺《なが》めている少年。

顔を確認せずとも分かった。こんな時間に制服を着ている高校生など、ほかにいるはずがないからだ。

静鈴荘には制服がないため、下宿生は全員が私服で授業を受けている。一方、通学生の中には、かつて通っていた学校の制服を着用して登校してくる者も多い。裕貴もその一人だった。制服を着ているということは、まだ家に帰っていないのだ。

公園に足を踏み入れると、すぐに裕貴もこちらに気付いた。

「……あれ。先生。詠葉さん。こんな時間に二人で散歩ですか？」

驚いたような顔でこちらを見つめてから、裕貴は見当外れな質問を口にした。

彼の手に、一冊の文庫本が握られている。図書館から借りてきた一冊だろうか。

夏目漱石《なつめそうせき》の『こころ』。日本人ならそのストーリーを知らない人間の方が少ない。やはり彼は……。

「なあ、裕貴。俺は高校生を大人だとは思わないけど、子どもだとも思わない。夏の夜にセンチメンタルに浸《ひた》るのも良いさ。でもな、一言で良いから親には話せ」

「それで俺のことを捜していたんですか？」

自分たちが公園を訪れた理由に、思い当たっていなかったのか、裕貴はばつが悪そうな顔で、頬《ほお》を掻《か》いた。

「事件に巻き込まれたとか、事故に遭ったとか、そこまでのことを心配していたわけじゃないけどな。まあ、俺は担任だから」

「すみません」

「良いよ。何でもなかったんだから、それが一番だ」

ブランコは二つあった。佐伯が裕貴の隣に腰掛け、詠葉は少し離れた位置から二人のことを立ったまま見つめる。

「なあ、裕貴。明日もバイトは十時までか？」

「祝日なので午前から始めて、午後五時までです」

「明日は海の日か。じゃあ、明後日《あさって》は？」

「平日なので十時までですね」

「理由もなく息子の帰宅が遅くなったら、母親も心配するだろ。明後日、バイトが終わったら、一緒に飯を食わないか？　久しぶりに外食をしたいって思ってたんだよ。せっかくだから、裕貴の店が良いかな」

「……うちの店で、ですか？」

「ああ。杏先生の料理も美味《うま》いんだけど、たまには味の濃い物も食いたいなって思ってたんだ。働いている店だと嫌か？」

「いえ……大丈夫です」

迷うような素振りを見せた後で、裕貴はそう答えた。

「金のことは心配すんなよ。もちろん、大人の奢《おご》りだ。パーっと食おうぜ」

「はい。分かりました」

「じゃあ、決まりだな。どうする？　まだ、ここで夜空を眺めてるのか？」

「えーと、帰ります。母親が心配しているみたいだし」

「そうだな。その方が良い」

裕貴が家に入るのを見届けてから、詠葉と共に静鈴荘に戻ることにした。

詠葉は声を出せない。佐伯が口を開かない限り、道中には沈黙が続く。

言葉のない帰り道、ふと疑問が胸に湧いた。

『少し前に、相談されたんです。「死にたいと思うことある？」って』

本当に、裕貴はそんなことを誰かに尋ねられたんだろうか。それを尋ねたかったのは、裕貴本人だったんじゃないだろうか。

事情も分からないのに、説教めいたことは言いたくない。励《はげ》ましの言葉を並べるのは簡単だけれど、見当外れな言葉を告げて幻滅されるのも嫌だ。

明後日、バイトの後でご飯を食べようと誘ったのは、味方がいることを態度で示したかったからである。裕貴が話したいと思うまで、こちらからは何も聞かない。そう決めているが、もしも彼が本気で死にたいと思っているのだとしたら……。

5

七月二十日。海の日。

たとえ祝日でも、杏がゆっくりと過ごすなんてことは有り得ない。

午前八時半、佐伯がまだ眠たい目をこすりながら居間に向かうと、庭にずらりと並んだ物干し竿《ざお》に、既に九人分の洗濯物が干されていた。シーツも所狭しと風に揺れている。朝から何回、洗濯機を回したんだろう。

居間には夜型の詩季と亮子の分を除いた、七人分の色彩豊かな朝食が並べられていた。線も細いし、もう三十代だというのに、杏が疲れた顔をしているところを佐伯は見たことがない。何処からあの活力が湧いてくるのか不思議だった。

朝食を終えても、杏の仕事は終わらない。

広い静鈴荘を隅々《すみずみ》まで掃除していき、それが終われば九人分の昼食作りである。詠葉や咲希が手伝っているとはいえ、それで仕事が楽になるわけではない。

杏は料理を少女たちに教えながら手を動かしているため、むしろ負担は増えている。

休日や祝日でも静鈴荘は開放されている。

午後には通学生の知香《ちか》やエリカがやって来て、トートバッグ作りをおこなうらしい。子どもたちにとっては遊びかもしれないが、杏にとっては事実上、家庭科の授業だ。

本当に毎日、彼女は朝から晩まで働いていた。


斜陽の刻。

杏に少しでも休んで欲しくて、佐伯は夕食の買い出しに立候補した。

スーパーマーケットで右往左往しながら、指示された食材を買い込み、静鈴荘に帰宅すると、ちょうど杏が台所でお茶を飲みながら、一息ついていたところだった。

「ありがとうございます。今日は蒸《む》し暑《あつ》かったので助かりました」

「いえ、大した力になれず心苦しいです」

佐伯は料理が出来ない。家事全般も苦手だ。

「杏先生は本当に凄いですよね。頭が下がります」

「どうしたんですか。突然」

「毎日、働きっぱなしじゃないですか。自分の時間なんて持てないですよね」

「そうですね。でも、これで良いんです。時間を持て余すと、考えても仕方のないことを考えてしまうから」

杏が良くても、見ているこちらからすると、いつか倒れてしまうのではないかと心配になってしまう。

「佐伯さんは静鈴荘での生活に慣れましたか？」

「専門外の授業は、やっぱり難しいです。英語なんかは離れて長かったから特に。でも、フリースクールのことは理解出来てきたように思います」

「そうですか」

「もっと良い教師になりたいです。そのためには何をしたら良いと思いますか？」

「具体的な目標を設定することをお勧めします。抽象的な目標は、時に目的地さえ誤魔化します。漠然とした努力が成し遂げた成果に、価値を見出《みいだ》すことも難しい。佐伯さんには今、達成したい具体的な目標が何かありますか？」

改めて問われると、すぐには言葉が出てこなかった。

しばしの考察の後で頭に浮かんだのは……。

「これを具体的な目標と呼んで良いのか分かりませんが、詠葉を救いたいです」

「……詠葉ですか？」

「はい。あの子が声を取り戻せるように、力になりたいです。だって、かわいそうじゃないですか。声帯を摘出《てきしゅつ》したわけでもないのに喋れないなんて」

詠葉は精神的な要因により声を出せない。

何一つ自分に責任がないのに話せないなんて、あまりにも哀し過ぎる。

「でも、救いたいのは詠葉だけじゃないです。裕貴のことも助けたい。杏先生は裕貴が登校拒否になった理由について何か分かりましたか？『誰かに敷かれたレールの上を歩く人生が嫌になった』という、あいつの言葉を信じていますか？」

手元の湯飲みを見つめてから、

「確信はありませんが、私はいじめがあったのかなと思いました」

杏はそんな風に告げた。

「いじめですか？」

佐伯の目に、裕貴はそういったものの対象になるタイプには見えていない。

「人間にはそれぞれに耐えられない痛みがあります。年齢や性格から察するに、裕貴が最も痛みを感じるのは、友から拒絶された時ではないでしょうか。アルバイトを辞めていませんし、可能性が高いのは高校での人間関係かと」

「それがいじめだと？」

「いじめを定義するのは難しいんです。被害者と加害者の認識に齟齬《そご》がある場合も珍しくない。ただ、いずれにせよ、これは机上《きじょう》の空論です。私の推測は話半分に聞いて下さい。確信はありません」

「でも、杏先生は裕貴がいじめられていたと予想しているんですよね。だったら良いんですか？　このままで」

「耐えられない痛みに直面した時、逃げられる人間と、逃げられない人間がいます。教師が特に気付かなければならないのは、後者ではないでしょうか」

「つまり裕貴は逃げられた人間だから、このままで良いと？」

「彼がそれで良しと考えているのであれば」

「……俺は、そんなの嫌です。だって、もしも本当にいじめがあったんだとしたら、いじめられた人間だけが居場所を奪われるなんて、おかしいじゃないですか。本来、追い立てられなきゃいけないのは加害者の方でしょ」

分かっている。本当は答えを聞くまでもなく分かっている。

こんなことを杏に言っても意味がない。

杏は毎日、誰よりも子どもたちのことを考え、朝から晩まで忙しく働いている。当座、困っているようには見えない裕貴の問題を掘り起こし、剝《は》いだかさぶたの先にある痛みに向き合う時間なんて取れるはずがない。

だとすれば答えは出ている。

裕貴の担任は自分だ。今、彼を救えるのは、佐伯だけなのだ。

6

祝日を経て、登校してきた裕貴に、目に見える変化はなかった。いつものように大和やひー君の相手をしていたし、授業中の様子も普段のままだ。

一昨日の夜の出来事を、佐伯は杏に報告していない。

教師が増えたことで授業の負担は減ったはずだが、杏はいつだって目まぐるしく働いている。まだ何も分かっていないのに、気を煩わせる必要もない。今日の夜、裕貴とご飯を食べに行くことも伝えていなかった。

テレビを観《み》ている大和やひー君に見つかり、行き先を聞かれるのも面倒だ。裕貴の働いている店に行くと言えば、二人は絶対に着いて来たいと言うだろう。

忍び足で玄関に向かい、静鈴荘を出ると、門の外に詠葉が立っていた。

『私も行きます。自分の分は払うので、連れて行って下さい。』

佐伯が口を開くより早く、メモ帳が差し出された。

「杏先生に許可はもらったのか？」

門限が設けられているわけではないものの、常識的に考えれば許可は必要だろう。

詠葉は小さく首を横に振ってから、メモ帳にペンを走らせる。

『もらってないです。でも、先生と一緒なら大丈夫でしょ？』

詠葉は十七歳、遊びたいざかりだ。夏の夜に、大人と一緒に出掛けたいと思うのは、自然なことかもしれないが……。

詠葉とのやり取りは、半分が筆談になるせいで時間がかかる。腕時計に目をやると、既に約束の五分前だった。悠長にやり取りをしている時間はない。

「まあ、良いや。教師と二人で飯を食うより、裕貴も緊張しないで済むかもしれないしな。行こうぜ。もう遅刻だ」

歩き始めた佐伯の袖が引っ張られ、メモ帳がめくられる。

『十五分、遅れて来て欲しいって言われました。』

それは初めから用意されていた文面だった。状況が飲み込めない。

「……どういうこと？　詠葉が一緒に来るって、裕貴は知っているのか？」

詠葉は微妙な角度に首を傾《かし》げる。

「バイトの時間が延長になったってこと？」

今度ははっきりと首が横に振られた。

『お昼に裕貴君に頼まれたんです。佐伯先生を十五分遅刻させて欲しいって。それで「バイトが終わったら逃げるつもりなの？」って聞いたんですけど、「そうじゃない」って言われました。』

何が何だか分からなかった。一昨日の晩、一緒に食べようと誘った時、一瞬、迷うような素振りを見せたのも、これが理由だったんだろうか。

裕貴はバイト後に姿を消しているかもしれない。店に着くまで、そう思っていた。一昨日の約束を反故《ほご》にする以外の理由で、遅刻させるよう詠葉に頼む理由を思いつかなかったからだ。

しかし、佐伯の予想は外れる。裕貴は店で待っていたし、座席も確保してくれていた。詠葉が一緒だったことにこそ驚いていたものの、日中と変わらない様子だった。

裕貴はまだ高校一年生である。バイト先で上手くやれているんだろうか。そんな心配もしていたわけだが、そちらも杞憂《きゆう》に終わった。席に着いてほどなく、店長がサービスだと言って、サイドディッシュを差し入れてくれたからだ。裕貴が店で可愛《かわい》がられていることは間違いなさそうだった。

運ばれてきた食事を前に、当《あ》たり障《さわ》りのない時間が過ぎていく。

今日も佐伯は何も尋ねない。

裕貴が自分から思いを吐露《とろ》することもない。

それで良い。これで良い。こういうことには、きっと、時間がかかる。

傷を傷と認めることにも、痛みを負ってでも治すと覚悟を決めることにも、時間がかかるのだ。

「生徒名簿を持ってきたんだ」

それは先日、裕貴の家を訪ねる際に、詠葉が見せてくれたものだった。

静鈴荘に入校する際、生徒たちは簡単なプロフィールを書いている。住所や誕生日といった基本的な情報から、交通手段や通学にかかる時間、趣味、好きな科目、苦手な科目などを書き込む欄があり、全員のプロフィールがバインダーでまとめられている。

静鈴荘で働くことになり、初日に見せてもらっていたが、当時は顔と名前が繋がっていなかったため、ほとんど意味のない読み込み作業になっていた。

「裕貴の好きな科目は理科か。中学生の時、第一分野と第二分野はどっちが好きだった？」

「どちらかと言えば第二分野です。宇宙や生物の勉強が楽しかったので」

「俺も文系だから第二分野の方が得意だったかな。電磁誘導とか化学変化とか、ほとんど覚えてないわ。杏先生の専門が理科で良かったよ。詠葉は？」

佐伯の問いを受け、詠葉はメモ帳にペンを走らせる。

『第一分野が好き。』

「だよな。杏先生に化学と物理、教えてもらってるもんな」

「詠葉さん、隣で見ていても凄いですよ。化学反応式を凄い勢いで解いていきますもん」

「お。詠葉もプロフィールの好きな科目には、理科って書いてたんだな」

佐伯の指摘を受け、詠葉は嬉しそうに頷く。

「苦手なのは英語か。俺も英語は苦手だったなぁ。難しいよな。ほら、国語と英語で助動詞の定義が違うだろ。でも、そんなこと国語教師も英語教師も教えてくれなかったから、中学生の時はしばらく混乱してた。canは訳したら終止形がウ段で終わるんだから、国語の概念で言えば動詞じゃんって」

今日はこれで良い。ただ、三人で時間を共有することに意味がある。

益体《やくたい》もない会話を続けながら、佐伯はそんなことを考えていた。


食事を終えた後、佐伯がトイレで用を足してから戻ると、自分たちの座席の脇に、高校生らしき男の子たちが三人立っていた。

「やっぱり納得いかねえよ。おかしいじゃねえか！」

少年の荒らげた声が、席へと向かう佐伯にまで聞こえた。

「家族のために休学したんなら、何で昼間働いてねえんだよ。ほかの店員に聞いたぞ。夜しかバイトに入ってねえって」

「土日は日中も入ってるよ」

「そんなの学校を休まなくたって出来るだろ！」

「でも、部活は無理だ」

席を取り囲む少年たちに、詠葉が怯えたような眼差しを送っていた。

「金の問題なら協力するって言ってるだろ。何で頼ってくれないんだよ。俺たちは必要な金を用意する。お前はサッカー部に入る。それで全部、上手くいくじゃないか」

「友達に金はもらえないよ」

「やるなんて言ってねえだろ。大人になってから返してくれれば良い。一緒にサッカーをやれるのは今しかねえんだぞ。高校でチームメイトになろうって言ってきたのは、お前と龍之介だ！　約束を守れよ！」

「事情が変わったんだよ。話しただろ。親父《おやじ》が音信不通になって、仕送りが途絶えたんだ。母親の稼ぎだけじゃ生活していけない」

「だから協力するって言ってるだろ。何なんだよ。龍之介の奴も何にも言わねえし」

どうやら彼らは裕貴が通っていた高校のサッカー部の部員らしい。

裕貴は中学時代、有力校から推薦の声がかかるほどに有望な選手だったと聞く。彼らは裕貴を高校に戻そうとしているようだが……。

何だかんだ言ったところで、裕貴が休学したのは、高校で問題を抱えたからなのだと佐伯は考えていた。友達と揉《も》めたとか、耐え切れない恥をかいたとか、青少年らしい悩みを募らせて、ドロップアウトに至った。そう予想していた。

しかし、現れた少年たちは、真剣な顔で裕貴に戻って来いと懇願《こんがん》している。

裕貴は高校でトラブルを抱えたから休学したわけではないのだろうか。

「君さ、裕貴の彼女？」

少年たちが詠葉に声をかける。

「北進の生徒？　それともバイト先の子？」

「なあ、裕貴は何で休学したわけ？　君なら知ってるんじゃないの？」

「やめろ。詠葉さんは関係ないだろ」

「詠葉さん？　あれ、年上っすか？　俺ら、北進の一年で、こいつの友達です。何か知ってることがあるなら教えてくれませんか？　て言うか、何で黙ってるんすか？」

その時、別の少年がテーブルの上に置かれていたバインダーを無造作に取った。そのページを開いて、

「誰だよ、鳴神幹久《なるかみみきひさ》って。あ、中学生じゃねえか。この名簿、何？」

「返せ。勝手に見るな」

裕貴が立ち上がって取り返そうとしたが、少年はのけぞるようにしてバインダーを後ろに避ける。その勢いで手から離れ、床に落ちた勢いでバインダーが開いてしまった。何枚かの生徒プロフィールが宙に舞う。

さすがにこれ以上は傍観《ぼうかん》出来ない。

「はい。そこまで。店内で大きな声を出すのはマナー違反だよ」

現場に散乱したプロフィールを、近くの客たちが立ち上がり拾ってくれる。

主婦らしき女が、拾ったプロフィールの一枚に目を落としていた。

「すみません。それ、回収して良いですか？」

女から最後の一枚を受け取り、少年たちに向き直る。

「人の物を勝手に覗いたら駄目だろ」

当然の注意をしただけなのに、苛立ちの眼差しを向けられた。

「誰ですか？　店員じゃないですよね」

「こいつの担任だよ」

「はぁ？　何普通に嘘ついてんすか。裕貴の担任は若い女でしょ」

「それは休学した高校の話だろ。俺は今、裕貴が通っているフリースクールの担任。ちなみにそっちの子は裕貴の先輩」

少年たちの表情が曇る。

「……フリースクール？　それっていじめられている奴らが通うとかっていう」

「偏見《へんけん》が凄いな。登校拒否になる理由なんて色々あるだろ」

「おい、裕貴。何で休学して、別の学校に通ってんだよ。バイトの時間を増やせよ」

「増やしたよ」

「嘘つくな。お前、本当、何がしたいわけ？　訳分かんねえ」

「ほかのお客さんの迷惑になるから、声を抑えて。君さ、裕貴を責めるのが目的で、バイト先まで押しかけてきたわけ？」

「別に……責めに来たわけじゃないっすよ。こいつにもう一度、サッカーをやって欲しいだけです。家のためにバイトをしなきゃいけないって言うけど、そんなの皆で協力すれば何とかなるじゃないですか。俺ら、全員、中学は別だったんです。その時はライバルでしたけど、同じ北進志望だって知って、高校生になったら一緒に私学をぶっ潰そうって約束しました。それなのに、こいつは家がやばいから少しバイトをするって。事情は色々あるだろうし、俺らは待つつもりだったけど、こいつ相談もせずに……。ふざけんなよ。お前が休学したこと、俺らは全員、十日も経ってから知ったんだぞ！」

「君たちは裕貴のクラスメイトじゃないのか？」

「クラスは別です。て言うか、そんなことどうでも良いでしょ。今はこいつの話です」

「俺の話はもう終わったよ。バイトの時間を増やさなきゃならない。だから高校には戻れない。サッカーはやめたんだ」

　裕貴の表情は真剣そのものだった。友人たちを挑発しているようにも、嘘をついているようにも見えない。

「安西《あんざい》、泣いてたぞ。お前の話を聞いて」

「知ってるよ。さっき会って、目の前で泣かれた。あいつに言われて来たんだろ？」

「分かってるなら何で……」

「悪いとは思ってるよ。でも、どうにもならない。俺のことは忘れてくれ」

その毅然《きぜん》とした言葉が、場に幕を引くことになった。

これ以上の話し合いは無駄だと悟ったのか、舌打ちをして彼らは去って行く。

友人たちが去ると、裕貴は殊勝《しゅしょう》な顔で頭を下げてきた。

「変な空気にしちゃって、ごめんなさい」

「そういうのは気にしないけどさ。あんまり友達に嘘はつかない方が良いと思うぜ」

「……嘘？」

「静鈴荘で話したことと違うだろ。『レールの上を歩く人生が嫌になった』。だから高校をやめたいんだよな。お前、母親にも、俺たちにも、そう言ってただろ」

佐伯の問いに対し、裕貴は目を細めただけで答えなかった。

「化かしあいをしても仕方ないから、正直に話すぞ。俺は裕貴の説明は嘘だと思ってる。ただ、責めるつもりはない。本音を話すのは難しいよな。どうせ分かってもらえないなら、正直に話して、すり減るだけ損だ。でもさ、せめて友達には誠実であった方が良いんじゃないか？　俺は友達が少ない人間だったから、そう思うよ」

「……先生は」

「何？　言いたいことがあるなら遠慮せずに言えよ」

「いえ……やっぱり良いです」

「そっか。じゃあ、そろそろ帰ろうか。教師と一緒だっていっても、息子が遅くなったら親ってのは心配する生き物だ」

7

翌日のお昼休み、静鈴荘の教室は、大学生の講師、笹塚《ささづか》亮子《りょうこ》を中心に妙な盛り上がりを見せていた。

佐伯と同様、行き倒れているところを杏に保護されたという亮子は、結構な変わり者である。教育学部、国文学科の学生であり、十九歳とは思えないほどに授業は上手い。しかし、自由奔放な気質の持ち主であり、色んな意味ででたらめな人間だった。

授業をしながら居眠りしていたことがあるし、教科書がつまらないと言って、ハーレクインの女性向け恋愛小説をテキストにしていたこともあった。その授業で詠葉は顔を真っ赤にしていたが、淳奈は過去にないほどの集中力を見せていた。

教科書に載っている詩歌《しいか》なんて勉強しても意味がないと言い切り、ここ数日はシンガーソングライターの歌詞をテキストに、技法や文脈について熱弁を振るっている。口語文法や古典文法ならともかく、文学に正解なんてないのだろう。亮子の自由きままな授業に対して、杏が口を挟むこともなかった。

そして、今日、ここ数日の激論に決着をつけるべく、子どもたちは火花を散らしていた。議題は、世紀末の歌姫がCocco《コッコ》なのか椎名林檎《しいなりんご》なのかという深遠《しんえん》な問いである。

一九九七年にデビューし、『ブーゲンビリア』と『クムイウタ』で世界を変えたCocco。一九九八年にデビューし、『無罪モラトリアム』で時代に革命をもたらした椎名林檎。静鈴荘に通う女の子たちは、例外なく二人のファンであり、その影響で男子たちも二人の曲をよく聴いていた。

最強の歌姫がどちらなのか、朝から続く討論には未《いま》だ答えが出ていない。

そもそも林檎支持派は『幸福論』について、ノーマルバージョンと『悦楽編』のどちらに論拠を置いて語るべきなのかだけで三十分も内輪揉《うちわも》めをしていた。Cocco支持派も同様で、アルバム前半で戦うべきという過激派と、後半で戦うべきという穏健派に加え、『がじゅまるの樹《き》』と『My Dear Pig』を至高とする急進派が入り乱れ、統制が取れていなかった。

このままでは戦いに決着がつかない。

子どもたちは杏にジャッジを求めたものの、「世代が違うから」と言って、杏は中島《なかじま》みゆきという強大な第三勢力を登場させる。

本質的には、戦争に勝者などいない。終わりなき論争は、子どもたちを居間に釘付《くぎづ》けにし、とうとう我関せずを貫《つらぬ》いていた佐伯に、白羽の矢が立った。

「それで、先生はどっちが素晴らしいと思うの！」

困ってしまう。さすがにどちらも聴いたことはあるものの、知っているのは有名なシングル曲くらいだ。裸足で歌っているのがどっちかも思い出せない。

「俺は音楽のことはちょっと……」

「でも先生だってＣＤくらい買ったことあるでしょ！」

中学三年生の通学生、知香とエリカに詰め寄られる。二人は林檎派の急先鋒《きゅうせんぽう》だ。

「ちょっと！　佐伯先生を脅して味方にするつもりじゃないでしょうね！」

Cocco 派の淳奈が割って入る。

「あ。そうだ。先生が最初に買ったＣＤって何？　それが近い方を勝ちにすれば？」

暢気《のんき》な顔で告げたのは大和だった。

……近い方って何だろう。訳が分からなかったが、自分を見つめる子どもたちの目は真剣そのものである。

「先生が最初にＣＤを買ったのっていつ？　覚えてる？」

「えーと、俺は田舎《いなか》に住んでいたから、近所にレコード店がなくてさ。中学の修学旅行で買ったのが最初かな」

「へー。修学旅行は何処に行ったの？」

「東京だよ。そこでブルーハーツの『青空』を買った」

「知ってる！　僕もブルーハーツ好きだよ！」

ひー君が嬉しそうに声を上げる。

「知ってるんだ。もう何年も前に解散したのに」

懐かしい思い出だった。当時は真夜中に何時間でもブルーハーツを聴いていた。ブルーハーツを聴いている瞬間だけは、何もかもが赦《ゆる》されたような気持ちになれたからだ。

多分、彼らがCoccoや椎名林檎に求めているのは、あの頃、自分がブルーハーツに求めた、救いみたいな感情なのだろう。

音楽に勝敗なんてない。あんなにどちらが真の歌姫かで揉めていたのに、子どもたちの興味はすっかりブルーハーツに移ってしまった。

本物は時間が経っても色褪《いろあ》せない。亮子がCDを持っていたこともあり、午後の最初の授業は、音楽の時間になった。子どもたちの希望に応じて、カリキュラムはいかようにも変化する。それがここ、静鈴荘の授業スタイルである。

子どもたちが嬉しそうにパンクロックを聴く姿を、杏は優しい目で見つめていた。

静鈴荘では日差しの入りにくい北向きの和室が、教務室となっている。

教務室と言っても、座卓と言った方が相応《ふさわ》しい机が並び、教科書などの授業道具をそれぞれが保管している、半《なか》ば荷物置きのような部屋だ。

お昼休みも終わりに近付き、教務室へと向かった。

わずかなスペースでも性格は現れる。

少し前まで小中高の全科目を教えていた杏の机には、百冊を超える教科書や参考書が置かれており、そのすべてが教科、学年順に整理されて並べられている。

一方、亮子の机に置かれた書籍は、佐伯より少ないにもかかわらず、見事なまでに散乱していた。よく見ると、大学のテキストまで表紙が折れた状態で放置されている。その適当で大雑把《おおざっぱ》な性格がよく反映されていた。

「佐伯先生。ちょっと良いですか」

次の授業に使うテキストを手にしたタイミングで、教務室に亮子がやって来た。

亮子は十九歳になったばかりだ。つい数ヵ月前まで高校生だったはずなのに、妙な色気を放っている。もともと大人っぽい顔つきだからか、眼鏡をかけ、毅然としていると、とても大学生には見えない。

「うん。どうかした?」

「今日の五限の高校生クラスの授業、代わってもらえないかと思って」

「大学の講義か何か？」

「いやいや大学の講義だったら、サボるでしょ。夏だし。暑いし」

今日も亮子は平常運転だった。

「合コンに誘われたんです。相手は医学部らしいんで、これは行っとかないとなーって。ただ、会場が上野《うえの》なんですよね」

だとすると、ここから出ようと思ったら一時間は覚悟しなければならない。

「分かった。良いよ。亮子先生には借りもあるしね」

「借り？　そんなのありましたっけ？」

「行き倒れの前例を作ってくれたでしょ。君が採用されていなければ、俺もここで働くことはなかったと思うから」

「私がいなくても杏先生は佐伯先生を拾ったし、採用もしてくれたと思いますよ。困っている人間を放っておけない人だから」

それはそうかもしれないが、これは、そんなに単純な話でもないのだ。

「亮子先生はどうして、ここで居候を続けているの？」

「え。だって光熱費が浮くじゃないですか。家事もしなくて良いし、杏先生のご飯は超美味《おい》しいし、お金ももらえるし。むしろ出て行く理由なんてなくないですか？」

なるほど。そういう考え方もあるのか。開き直りもここまでいくと、いっそ清々《すがすが》しい。

「光熱費が浮くってことは、実家暮らしではなかったんだね」

「はい。私も新潟出身なんです。実家は舞原家のお膝元ですね。本家を見たことありますけど、豪邸過ぎて引きますよ。城かよって思いました」

「舞原家ってそんなに凄いんだ」

「凄いです。あの敷地《しきち》と豪邸を見たら、戦後に財閥解体されたんじゃないのかよってリアルに愚痴《ぐち》りたくなりますよ。あれが現代の王侯貴族って奴なんでしょうね。だから、詩季さんは偉いと思います。死ぬまで遊んで暮らせるような家に生まれたのに、わざわざ小説家をしているんですもん。魂を削って生計を立てているわけでしょ。私なら無理です。たとえ才能があっても。作家なんて結局、皆、変態なんですよ」

亮子はめちゃくちゃな性格をしているが、子どもたちからは総じて好かれている。生徒たちからすると教師というより、友達の延長のようなものなのかもしれない。静鈴荘では、そんな亮子だからこそ持てる役割というのもあるのだ。

「せっかくだから一つ聞いても良いかな。俺、ずっと気になっていたことがあるんだ。ひー君ってさ、何でひー君って呼ばれてるの？　みー君なら分かるんだけど」

彼の本名は鳴神幹久だ。『みきひさ』の『ひ』なのだとしても、どうしてそんなところを抽出《ちゅうしゅつ》したのかが分からない。本名を呼んではいけないというルールも意味不明だ。

「あー。それ、気になりますよね」

「じゃあ、亮子先生も分からないんだ」

「杏先生には教えてもらえませんでした。て言うか、多分、誰も知らないんじゃないかな。詩季さんも詠葉も知らなかったから」

詩季さんも知らないのか……。

だとすれば、本当に杏は誰にも話していないのだろう。

「そっか。変なことを聞いてごめん。授業は俺がやっておくから、合コン、頑張って」

「気合いを入れて、ぶちかまして来ますよ。医学部は激烈に熱いですから」

「うん。でも、その本音が漏れないように気を付けた方が良いんじゃないかな」

忠告の言葉が届いているのか、いないのか。

亮子は気合いに満ちた眼差しで、教務室を出て行った。

8

静鈴荘の子どもたちがパンクロックを知った日の午後。

不意に、その時はやってきた。

高校生クラスの扉が勢いよく開かれ、見知らぬ女子高生が現れる。教室に足を踏み入れた少女は、教師の佐伯さえ無視して、裕貴を見据えた。

「こんなところで何やってるの?」

「何でここに……」

居丈高《いたけだか》な少女の突然の登場に、詠葉も、淳奈も、秀明も固まっていた。

目鼻立ちがはっきりしていて、凛《りん》とした声で話すその少女は、静鈴荘に通う子どもたちとは人種が違った。教室の中心にいるような、いわゆる目立つタイプの女子。そんな女子の登場に、静鈴荘の子どもたちは萎縮《いしゅく》する。

「雄大《ゆうだい》たちに聞いた。突然、休学したと思ったら、こんな訳の分かんない学校に通い始めて、本当にどうしちゃったの?」

「お前に関係ないだろ」

「関係あるよ。私、好きって言ったじゃん。都大会に出場出来たら、付き合ってくれるって約束したでしょ」

突然の告白に、割って入ろうとした気勢を削《そ》がれる。

「クラスでのこと、裕実《ゆみ》に聞いたよ。やっと、全部、聞いた。裕実は半信半疑でいたけど、私は信じないから。て言うかさ、冷たくない? 何で頼ってくれないの? 雄大、言ってたよ。相談もしてもらえなかったって」

「今は授業中だ。迷惑になるから帰ってくれ」

「ここまで来て、裕貴の気持ちを聞かずに帰るわけないでしょ。早退してきたんだよ」

「頼んでないよ」

「外に出て、ゆっくり話そう。フリースクールなんてお遊びでしょ」

「昨日も言っただろ。話すことなんてない。放《ほ》っといてくれ」

「何でそんなこと言うの？　こんなに心配しているのに……」

「ごめん。ちょっと良いかな。そもそも君は何者？」

ようやく佐伯が口を挟むと、涙混じりの瞳で睨まれた。

「……ここの責任者ですか？」

「責任者じゃないけど、裕貴の担任だよ」

「担任？　生徒が四人しかいないのに？」

「人数は関係ないだろ」

「担任なら裕貴が高校に戻るよう説得するべきじゃないですか？　こんなところにいたら駄目になる。調べてきたんです。フリースクールって登校拒否の負け犬が通う学校でしょ。そんな場所、裕貴に似合わない」

「酷《ひど》い言い草だな」

あまりと言えばあまりの言葉に苦笑いが零れた。

彼女は自分に自信があるのだろう。自分と、友達と、好きな人。キラキラとしたものだけで世界が構成されていて、ここに通うような子どもたちは脇役にしか見えていない。

「学校に通うことに、勝ちも負けもないよ」

「裕貴。どうしても話してくれないの?」

佐伯を無視して、少女は再び問う。

「話さなきゃいけないことも、話したいこともない。帰ってくれ」

「何それ。裕貴が休学したって聞いて、私や雄大がどれだけ驚いたと思ってるの? 龍之介だってそうだよ。裕貴がいなくなって、龍之介が一番ショックを受けているんだから」

「俺には、そうは思えないけどな」

「私たちのことは良いよ。でも、龍之介とはちゃんと話しなよ。親友でしょ。あんなの何かの誤解だよ。じゃなきゃ、裕貴があんなこと……」

「なあ、本当に頼むから帰ってくれよ。皆が迷惑してる」

多分、この状況を迷惑に思っている生徒はいない。ただ、皆、困惑しているのだ。

二人が何を話しているのか、まったく分からないから、何を、どう思えば良いかも分からない。

「私、言ったからね。ちゃんと龍之介と話しなよ。そうじゃないと絶対に後悔するから」

ほとんど泣きそうな顔で告げて、少女は逃げるように教室を去って行った。

「あの子、三笠《みかさ》中だった安西さんだよね」

教室に広がった気まずい沈黙を破ったのは淳奈だった。

「私のことなんて覚えてないだろうし、こっちには見向きもしなかったけど、私は覚えてるよ。体育祭で失敗した時に嫌味を言われたことがあるから」

「あれ、じゃあ、今の子は北進の学生じゃないのか？」

「いえ、中学の同級生ですけど、高校も同じです。すみませんでした。俺のせいで……」

「別に裕貴のせいじゃないだろ」

「昨日の夜、フリースクールに通ってるって、あいつらに知られたから、調べられたんだと思います。それで頭に血がのぼって……」

「でも、裕貴を心配しているって言葉は、多分、本音だろうな」

「頼んでないですよ。教室に突然入って来るなんて非常識だ」

時計に目をやると、時刻は午後三時前だった。

「今更、授業の続きをやろうって気にもなれないし、今日はここで終わりにしようか」

「やったぁ！」

ガッツポーズをしたのは勉強嫌いの淳奈。

秀明もそそくさと教科書を片付け始める。

「裕貴、後でちょっと話そう」

「……はい」

咄嗟《とっさ》にそう口にしたものの、何を話せば良いのか分からなかった。

今、裕貴が必要としているのが、励ましなのか、叱咤《しった》なのか、それとも別の何かなのかさえ見当もつかない。力になりたいと思うのに、何も出来ない自分が情けない。

さすがに今日の件は、杏に報告しなければならないだろう。

こういう場所で四年も教鞭《きょうべん》を執《と》っている彼女なら、何をすべきか分かるんだろうか。

9

その日の夜、午後六時。

佐伯は裕貴と二人で、駅前のラーメン屋にいた。

静鈴荘を出る前に、杏にここ数日の出来事を報告している。

最近、裕貴の帰宅が遅いこと、バイト先でのこと、教室に乗り込んで来た少女のこと、思いつく限りのことを話したが、杏は「分かりました」と言っただけだった。アドバイスも、指示も、与えられることはなく、彼女が何を思っているのかも分からなかった。

裕貴に伝えるべき言葉が見つかったわけじゃない。そもそも彼の身に何が起き、何に心を痛めているのかも未《いま》だに分からない。

ただ、今、佐伯は裕貴を一人にしたくなかった。五日振りにバイトが休みだというその日に、危うい少年を一人きりにするのが怖かった。

だから「ラーメンでも食いに行こうぜ」と誘った。

傍に誰かがいる。それだけで心が強くなることもあるからだ。

「美味かったです」

よっぽどお腹が減っていたのか、裕貴はスープまで飲み干していた。

「長居できそうなチェーン店を適当に選んだってだけだけど、当たりだったな」

「はい。こんなに美味いんですね。俺……店でラーメンを食べるなんて初めてです」

「へー。そうなんだ」

「ラーメンって言うか、外食なんてほとんどしたことがないから」

裕貴は母子家庭だ。両親が離婚したのは彼が十一歳の時で、それ以来、母はパートで生計を立てている。去年までは父親から養育費の支払いがあったという話だが、一概に養育費と言っても、その額は千差万別である。昔から島田家の家計は苦しかったのだろう。

「じゃあ、また、食いに来ようぜ」

「はい。来たいですけど……先生は……」

「ん？　何？」

空になった器を見つめながら裕貴が呟く。

「どうして俺なんかに優しくしてくれるんですか？」

「あー。そうだな。何でだろうな」

「分かんないんですか」

裕貴が小さく笑った。

本当に何でだろう。彼は大切な生徒の一人だ。とはいえ、静鈴荘の中では群を抜いて恵まれた少年である。家は貧しくとも、愛してくれる母がいて、勉強も運動も出来て、容姿にも恵まれていて、自分のために怒ってくれる友達だっている。わざわざ教師が気に掛ける必要がないくらい、恵まれた男だ。天秤《てんびん》にかけたら、ほかの生徒の方が、よほどかわいそうだと思う。それなのに、どうしてこんなに気になるんだろう。

「昨日、詠葉に頼んで、俺が店に行く時間を十五分遅らせただろ？　あれって何でだったんだ？」

「安西に……あ、今日、教室に乗り込んで来たあいつに、バイト後に話があるって言われてて。友達と揉めているところを見られたくなかったんです。まあ、雄大たちまで来たせいで、結局、見られちゃいましたけど」

「質問が悪かったかな。事情は推測出来ていたよ。聞きたかったのは、それを詠葉に頼んだ理由。……あれ？　最初から詠葉も一緒に食べようって話だったっけ」

「あー……。そっちか。先生に直接話しても良かったんですけど……」

「二人きりでご飯を食べるのは嫌だった？」

「それなら今日も詠葉さんを誘ってますよ。そうじゃなくて、さすがに佐伯先生も分かっていると思うから言いますけど、あの子、先生のことが好きじゃないですか。だから一緒の方が良いかなって。詠葉さん、わざわざメモ帳に書いて、静鈴荘のことを色々と丁寧に教えてくれたんです。俺、それをずっと感謝してて」

詠葉が自分に好意を抱いている。それは、佐伯自身も薄々気付いていることだった。

だが、佐伯は教師であり、詠葉は生徒である。何も出来ない。してあげられない。だから知らぬ存ぜぬを貫いている。気付いていない風を装っている。

大学時代に始めたアルバイト先の進学塾で、様々なタイプの教師を見たが、憧れみたいな感情を上司や同僚に抱いたことはなかった。教職という仕事について、自分が今、正直なところどう思っているのかも、よく分からない。

それなのに、舞原杏という、か弱き者たちを必死に救おうとする教師を見て、自分もこんな人になりたいと思わされてしまった。出会って一ヵ月も経っていないのに、いつの間にか杏を目標とするようになっていた。

詠葉を救いたい。声を奪われた少女の力になりたい。

杏という教師を知った今、佐伯の願いは強くなる一方だ。

しかし、少女が抱き始めた想いに気付いてしまったせいで、事態はややこしくなる。使命感と罪悪感の狭間《はざま》で、今日も佐伯は惑っていた。


「さっきさ、どうして優しくしてくれるんですかって聞いただろ。一つ、気付いたことがある。挫折《ざせつ》の記憶なんてない方が良い。そう思ったからかもしれない」

詠葉について何と答えて良いか分からず、話題を戻すことにした。

「挫折の記憶？」

「ああ。俺、中学の後半は、学校に行ってないんだ」

「そうなんですか？」

「結局、大学にも進学したし、トータルで見れば、当たり前みたいな人生を歩いてきたはずなのにな。消えないんだよ。あの頃、自分は登校拒否だったんだって記憶が。皆に出来ることが、自分には出来なかったんだって。誰も気にしていないのに、俺一人だけが、あの頃の挫折の記憶に足を取られている。そんな気がする。だから思ったんじゃないかな。挫折の記憶なんてない方が良いって」

「でも、学校に行ってないのは俺だけではないじゃないですか」

「うん。そうだな。ただ、詠葉も、淳奈も、秀明も、高校生にはならないってことを、中学生のうちに自分で決めた人間だ。裕貴とは事情が違う。それに、今、復学すれば、留年もしなくて済む。それが分かっているから、同級生たちも説得に来た」

「先生も俺が高校に戻った方が良いって思いますか?」

佐伯は肩をすくめる。

「どうだろう。俺は知らないからな。裕貴が休学したいって思った本当の理由を」

佐伯だけじゃない。サッカー部の友人たちも、安西という女の子も、裕貴の本当の気持ちを知らないようだった。龍之介という親友は、どうなんだろう。

「なあ、裕貴。力になれるかは分からない。ただ、俺は理解したいって思ってるよ。理解して、助けてやりたいって思ってる」

いつの間にか、真剣な顔をした裕貴に見つめられていた。

佐伯は今日まで、裕貴に対して踏み込まずにいた。ご飯を食べたり、益体もない雑談をしたり、時間の共有は多かったけれど、核心には触れずにいた。信頼関係を築けていない大人に、何を促されたところで、本音を話す気になんてなれないと思ったからだ。

実際、佐伯は人生で一度も、自分から教師に相談したいなんて思ったことがない。

だけど今なら、もしかしたら……。

佐伯の思いが通じたのか、やがて裕貴は重たい口をゆっくりと開いていった。

10

何から話せば良いだろう。

何処から何処までが悪意で、何処から何処までが気のせいだったのだろう。

島田裕貴は中学三年生の初秋にサッカー部を引退した後、半年間、死に物狂いで勉強して、地元の公立では一番と言って良い進学校に合格した。同じ高校には小学校時代からの親友、戸川龍之介や、中学時代に試合で対戦し、死闘を経て仲良くなった友人たちも合格を決めていた。

合格発表のその日、互いの健闘を讃《たた》えあった後で、今度は同じチームで戦おうと誓いあった。ただ無邪気に、素晴らしい三年間が始まるのだと信じていた。

しかし、春休みに入ってすぐ、想像もしていなかった家庭の事情を母に告白された。

父からの養育費の支払いが、半年以上前から途絶えていたらしい。島田家の家計は、いつだってギリギリのところで回っていた。受験前に息子を不安にさせたくない。そう考えた母はずっと黙っていたが、貯金が底を突くのも時間の問題だという。

もうすぐ五十歳。決して若くはない高卒の母に、今更、就職先が見つかるはずもなく、パート代だけでは生活が立ち行かないという。

部活動には金がかかる。入部時にはユニフォーム代が必要になるし、部費も遠征費も馬鹿にならない。すぐに何とかするから、入部は少しだけ待ってもらえないだろうか。そんな母の頼みに、裕貴は頷くことしか出来なかった。

裕貴が小学生の頃から、母は家計のやり繰りに四苦八苦していた。そういう姿を、ずっと見てきた。新しい洋服を買う姿なんて、もう何年も見ていない。化粧だって最低限のものだ。欲しい物を我慢して、贅沢《ぜいたく》一つせずに、裕貴が欲しがったスパイクを履《は》かせてくれた。義務でもないトレセンにだって快《こころよ》く送り出してくれた。

六年間、真剣にサッカーをやってきた。仲間と戦う瞬間が、たまらなく好きだった。だけど、所詮《しょせん》は部活動だ。プロを目指しているならともかく、公立中学のエースでしかなかった自分が、これ以上、負担をかけるわけにはいかないと思った。

「十六歳になったらアルバイトを始めるよ。俺も金を稼ぐ」

裕貴の言葉に、当初、母は良い顔をしなかった。だが、自分一人の稼ぎではどうにもならないことも理解していたのだろう。元夫がこれから先、再び養育費を払ってくれるとも思えない。島田家が生活していくためには、裕貴が働く以外に選択肢がなかった。

部活に入らないと仲間に告げるのはつらかった。苦しかった。

「父親が養育費を払ってくれるようになるまで、バイトをしなきゃいけないから」

事情を話すと、サッカー部の仲間たちは、自分たちに頼って欲しいと言ってきた。

「俺たちが金を集めるから、一緒にサッカーをやろうぜ！」

嬉しかった。涙が出るかと思った。頼れるなら頼りたかった。

でも、頷くことは出来なかった。それは仲間たちが稼いだお金じゃない。返せる保証もないのに借りるわけにはいかなかった。

皆は「父親が養育費を払ってくれるようになるまで」という言葉を信じていた。数ヵ月もすれば、その時がくると考えているようだった。

しかし、父の人間性を覚えている裕貴は、そんな日はこないと確信していた。

本当のことは、たった一人の親友、龍之介にしか話せなかった。

「多分、親父は二度と義務を果たさない。だから俺は高校ではサッカーが出来ない」

正直に話すと、龍之介は残念そうに笑った後で、

「分かった。高校では俺がお前の分までプレーするよ」

そう言ってくれた。実現するとは思えない希望を語るでも、身《み》の丈《たけ》に合わない解決策を模索するでもなく、現実を見て、親友はそう言ってくれた。

戸田龍之介と出会ったのは、小学三年生の時だ。

裕貴のクラスに神奈川県から引っ越してきた児童、それが龍之介だった。

龍之介の父親は外資系の企業で重役を務めているらしい。彼の家は島田家とは比べものにならないくらいの豪邸だったし、遊びに行った時に出されるお菓子一つとっても雲泥《うんでい》の差だった。

龍之介はいつだって洗練された服を着ている。都心の美容師に切ってもらっているというその髪型も、周りの無垢《むく》な男の子たちとは一線を画していた。

二人の家庭環境はあまりにも対照的だった。しかし、不思議と馬が合う。

四年生になるタイミングでクラスが別々になってしまったが、同じサッカー部に入ったことで、友人関係はより強固になった。中学生になってからも三年間、共に戦い続けた。

これから先、どんな奴と出会っても。どちらかが遠い町に引っ越すことになっても。きっと、死ぬまで親友でいられる。裕貴はそう信じていたし、龍之介も同じように感じてくれていると思っていた。

最初に異変に気付いたのは、五月の球技大会だった。

士気を高めるために、クラス全員で靴紐《くつひも》の色を揃《そろ》えようという話が持ち上がり、言い出した龍之介が全員分の黄色い靴紐を用意した。

裕貴と龍之介がエントリーした男子バスケットボールは、各クラスで二チームを作り、前後半の総得点で勝敗が決まるというレギュレーションになっていた。

オフ・ザ・ボールの動きが重要になるという意味で、サッカーとバスケには大きな共通点がある。背が高く、チームの要《かなめ》と成り得る龍之介と裕貴は、前半と後半に分かれて出場することになり、龍之介はチームリーダーを務めることになった自分たちにだけ、ラメ入りの特別な靴紐を用意していた。

試合には、その種目の部活動に入っている生徒は出場出来ない。バスケ部が多いクラスは、分母が減るせいでむしろ不利とさえ言えた。三年生とは体格差があるものの、競えないほどではない。龍之介は本気で優勝を狙《ねら》っていたし、裕貴もそのつもりだった。

久しぶりに闘志を剝《む》き出しにして、龍之介と共に全力で戦える。それが裕貴にはたまらなく嬉しいことだったのに……。

一試合目が始まってすぐ、ゴール下でピボットターンを切ったタイミングで、妙な違和感を右足に覚えた。

味方にパスを出してから顔を落とすと、交換したばかりの靴紐がズタズタに裂けていた。この日のために取り替えたばかりの新品なのに、明らかに数ヵ所切れていた。

激しい動きの中では、わずかなずれが決定的な差を生む。ジャンプシュートに持ち込むためにフェイクを入れたところで、ふんばりがきかずに靴底が滑《すべ》ってしまった。

怪我《けが》こそしなかったものの、靴紐がこんな状態で、まともにプレー出来るわけがない。交換するしかない。怪我をしたわけでもないのに、タイムを取ってもらえるはずもなく、急遽《きゅうきょ》、クラスメイトと交代することになった。

同サイズの靴を履いているクラスメイトはいない。靴紐を取り替えるしかない。

そして、靴紐の交換に要した時間が、致命傷となった。エースがベンチに下がっている間にチームは逆転を許し、裕貴がコートに戻った時には完全に手遅れだった。

最後の抵抗も空しく、チームはまさかの一回戦敗退を喫する。


球技大会なんて、あくまでも行事の一つでしかない。

クラスの盛り上がりが一瞬で冷めてしまったのは残念だけれど、トーナメントを勝ち上がれば、いずれは何処かで土がついただろう。この際、勝ち負けは仕方ない。

しかし、問題はあのトラブルだった。靴紐は数ヵ所切れていた。それだけでも意味不明なのに、試合後、靴紐の状態を確認した裕貴は、妙な事実に気付く。

断面が妙に揃っていたのだ。まるでカッターか何かの刃物で、事前に切り込みを入れられていたかのように、断面の九割が綺麗に裂けていた。

この靴紐を替えたのは裕貴ではない。クラス委員長だった裕貴は、球技大会の運営に関わっていた。朝から忙しく走り回っていたため、靴紐の交換は龍之介に頼んでいた。まさか龍之介が……？

その時、浮かんだ疑念は、一秒と経たずに打ち消された。

意味が分からない。そんなことを龍之介がする理由がない。

誰がどう見ても一回戦敗退の原因は、裕貴が長時間ベンチに下がっていたことである。裕貴がプレー出来なかったことに、がっかりしている生徒は多かった。

だけど、これは部活動の公式戦じゃない。たかだか球技大会だ。誰かとレギュラー争いをしているわけでもないし、裕貴が怪我をしたって、それで得する人間はいない。

最初から製品に不具合があったのだ。そう考えるよりほかにない気がした。

球技大会の翌日、偶然にもアルバイトとサッカー部の練習がどちらも休みだった。

放課後、龍之介に夕飯を食べに行こうと誘われる。敗戦の責任を感じ、落ち込んでいる裕貴を励ましたいという名目だった。

もちろん、断る理由などなかった。話したいことは裕貴にだって沢山ある。

しかし、ファミレスにでも入ると思ったのに、案内されたのは親とも入ったことがない焼き肉屋だった。メニュー表の値段を見て固まる裕貴に、龍之介は「奢るから好きなものを食って元気を出せよ」と告げる。

子どもの頃から外食なんてほとんどしたことがない。焼き肉は高いと聞いたことがあったが、こんなに値が張るなんて知らなかった。正直、値段を見た後では、味もよく分からない。いたたまれない気持ちが邪魔をして、靴紐のことも質問出来なくなってしまった。

信じられないことに、会計は二人で二万円を超えていた。

龍之介は自分が母子家庭なことを知っている。経済状況だって理解しているはずだ。励ましたいからと言っていたが、こんな店じゃ気後《きおく》れするだけだ。

同情でこんな店に連れてきたのだろうか。それとも……。

バイト代が入った後で、裕貴は食事代を半分払わせてくれと頼む。

龍之介はバイトをしていない。友達を励ますためだけに、小遣いからあんな大金を使ったのだ。申し訳なかった。さすがに甘えて良い額だとは思えなかった。

だが、龍之介は決してお金を受け取ろうとせず、しつこく食い下がったせいで、最後の方は微妙な空気になってしまった。

どちらが悪かったわけでもない。ただ、その時のやり取りがしこりになり、何となく教室でも会話をしない日が続くようになる。

小学三年生で出会い、意気投合して以来、そんなのは初めてのことだった。

北進高校では定期テストにおいて、成績上位者の名前が張り出される。

龍之介は高校でも上位の成績をキープしており、得意な数学では学年でもトップ3に入っていた。裕貴も理系科目を得意としているが、中学時代を含めて、数学では一度も龍之介に勝ったことがない。

しかし、六月に実施された全国模試《もし》で、初めての勝利を経験することになった。その模試の数学では、裕貴がクラストップの成績だったのだ。

本当に実力があるのは、範囲の広い模試で点を取れる生徒だ。担任でもあった女教師が告げ、裕貴はクラスメイトたちから羨望《せんぼう》の眼差しを向けられる。

龍之介にとっては初めての敗北である。悔しいはずなのに、

「良かったな。次は負けないから」

成績表を受け取った後、龍之介はそんな言葉をかけてくれた。

「ありがとう。でも、多分、まぐれだよ。マークシートだし、こういうこともあるさ」

「バイトで忙しいのに偉いな」

「部活の練習よりは楽だしな。高校の練習はハードだろ?」

「ああ。やっと慣れてきたけど、中学までとは比べものにならないかも」

久しぶりの会話らしい会話だった。

放課後、アルバイトのために誰よりも早く帰宅するせいで、すれ違いが続いていたが、この会話をきっかけに元通りの関係に戻れるだろう。

そう思った。そう信じて、疑っていなかったのに……。

六月も終わろうかというタイミングで、再び理解不能な事件が起きた。

ある週の木曜日の授業中、持ち込みが禁止されている携帯電話が、裕貴の机の中で鳴った。よりにもよって校則に異常に厳しい、学年主任の授業中だった。鬼の形相《ぎょうそう》で詰め寄られたが、裕貴には意味が分からなかった。

マナーモードにし忘れたわけじゃない。クラスには何人か所持している生徒がいるけれど、そもそも裕貴は携帯電話なんて持っていない。

促され、机の中を確認すると、まだ鳴り止まない携帯電話が確かにそこにあった。

二つ前の授業は体育だった。休憩時間に誰かが間違えて入れたんだろうか。

取り出した携帯電話のディスプレイが割れており、画面には『公衆電話』の文字が浮かび上がっていた。

「携帯電話の持ち込みは禁止だ。没収して、一週間後に保護者に返却する」

鳴り止まない携帯電話を、ひったくられるようにして奪われたけれど……。

「……あの、俺のじゃありません」

「じゃあ、誰のだ?」

見覚えはあった。確か、これは……。

振り返った龍之介と目があった。

「何だ。戸川の携帯電話か?」

ストラップを見て確信したのだろう。引きつった顔のまま龍之介が頷いた。

携帯電話は没収され、規則通り、一週間後まで返してもらえないことになった。

ポケベルや携帯電話、PHSを校内に持ち込むことは禁止されている。とはいえ、そんなルール、律儀に守っている生徒の方が少ない。教師に見つかったなんて話も、入学以来、何度耳にしたか分からない。

ただ、不思議なのは、鞄の中に入っていたはずの龍之介の携帯電話が、何故、裕貴の机の中に移動していたのかということだった。それだけではない。マナーモードが切られていた理由も、ディスプレイにひびが入っていた理由も、分からないままだった。

もちろん、裕貴には身に覚えがない。龍之介の携帯電話になんて触ってもいないし、そもそもマナーモードを解除する方法すら知らない。

だが、疑問は残る。皆の心の中に、龍之介の胸の中に、疑念は浮かぶ。

「お前が盗んだのか？」

携帯電話を没収された後で、龍之介は冗談めかしてそんなことを言ってきたけれど、裕貴は答えられなかった。盗んだからじゃない。自分に向けられているのかもしれない悪意に、ようやく、はっきりと気付いたからだった。

球技大会の一件がある。

気のせいかもしれないが、あの後、連れて行かれた焼き肉屋だって変だった。

何かがきっかけで龍之介に嫌われたのか？

自分を泥棒に仕立てるために、体育で教室が空になった隙に、携帯電話を忍ばせた？

考えたくもない可能性が頭をよぎる。

高校生になり、行動範囲が広がったのに、裕貴は遊びの誘いを断ってばかりだ。龍之介はわざわざアルバイトが休みの日を確認してから誘ってくれているのに、カラオケも、映画も、ボウリングも、金がないから行けない。遊ぶ金があるなら、もう何年も洋服すら買っていない母に渡したいと思ってしまう。

一緒に戦おうと約束していたのに、サッカー部にも入らなかった。

付き合いが悪くなったことに苛立たれている。それが分かってしまう。

不義理な日々の積み重ねや、全国模試で上回ったことが、気に障《さわ》ったんだろうか。

小さな棘が積み重なって、いつしか自分は龍之介に……。

携帯電話が没収された日以来、挨拶《あいさつ》もしていない。龍之介が高校で特に親しくしているサッカー部の友人たちとも、距離を置くようになってしまった。

息苦しさを増していく日々の中、七月がやってくる。

そして、もう一度、忌《い》まわしき木曜日に事件が起きた。

「あれ、ラルクのＣＤがない」

始まりは、お昼休みの龍之介の呟きだった。

裕貴は音楽に詳しくない。自分でCDを買ったこともない。時々、龍之介に借りることはあったけれど、MDもポータブルプレイヤーも持っていなかったから、借りた音源を複製したこともなかった。それでも、その時、龍之介が誰の話をしているのかは分かった。ここ数日、「ノストラダムスの大予言の日にアルバム二枚同時リリース」というテレビCMを何度か見ていたからだ。ボーカルが綺麗な顔をしているバンド、L'Arc-en-Cielのアルバムが二枚同時に発売されたのだ。

「おかしいな。朝、二枚ともコンビニで買ったんだけど」

確かL'Arc-en-Cielは去年もシングルを三枚同時にリリースしていた。その時も龍之介は三枚とも買っていたと記憶している。

今度はアルバムを二枚とも買ったらしい。単純に六千円だろうか。そんなに沢山の曲を一度に作るバンドも凄いが、二枚とも一気に買える龍之介も凄いと思った。

ニューアルバムを見ようと、彼の周りに友人たちが輪を作り始める。しかし、待てども待てども、鞄の中からアルバムが出てこない。

「コンビニに忘れてきたんじゃねえの?」

「そんなわけあるかよ。登校してから歌詞カードを確認したっつーの」

机の中にも入っていなかったのだろう。不思議そうに顔を上げた龍之介と目があった。

苦笑いを浮かべた龍之介が、茶化《ちゃか》すように口を開く。

「また裕貴の机の中にあるんじゃねえの」

それは、龍之介なりの冗談だった。少なくとも、裕貴にはそう聞こえた。

「そんな記憶はねえよ」

いつもの口調で告げてから、机の中に手を入れる。すると、指先に何かが当たった。薄いビニール袋の向こう、指先に触れたのは……。

「え……。何で……」

机の中には、龍之介が購入したのだろうアルバムが二枚入っていた。

意味が分からなかった。身に覚えがない。悪戯で龍之介が忍ばせたのか？

取り出したコンビニの袋を覗き込みながら固まる裕貴の肩を、龍之介が軽く叩いた。

「あー。そうだった。悪い。朝、お前に貸したんだよな」

その時、龍之介は何を思って、そんな嘘をついたんだろう。裕貴に盗まれた。そう理解したくせに、友達を庇《かば》おうとしたんだろうか。それとも……。

「俺、疲れてんのかな。最近、忘れっぽいんだ」

違う。裕貴は盗んでいないし、龍之介にCDを借りてもいない。

じゃあ、これはどういうことだ？

「裕貴。お前、どっちのアルバムを先に借りたい……」

そこから先の言葉が続かなかった。アルバムのケースを開いた龍之介が固まる。

手元に目をやると、ケースの中で、ディスクが真っ二つになっていた。

「……何だよ。これ」

さっきまで龍之介はこの場を取り繕《とつくろ》おうとしていた。裕貴にはそう見えていた。

しかし、状況は変わった。信じられないと言った顔で見つめられる。

「お前……何で……」

「……俺じゃない」

「お前じゃないなら誰が……」

引きつった顔のまま首を横に振る。分かるわけがない。一から十まで意味が分からないのだ。何でこんなことが起きているのか、裕貴にはまるで……。

男子も、女子も、皆が二人のやり取りを見つめていた。

それはクラスの全員が見守る中で起きた事件だった。


最初は風邪でも引いたんだと思った。

放課後を迎える前にお腹が痛くなり、バイトが終わっても痛みは引かず、布団に入ってから、ようやく胃が痛んでいるのかもしれないと自覚した。

ここ数週間、お腹がチクチクと痛んでいたのも、きっと……。

翌日、学校を休んだのが悪かった。

アルバムは二枚ともディスクが真っ二つになっていた。誰かが悪意を持って、叩き割ったのだ。それから、携帯電話と同じように裕貴の机の中に忍ばせた。

何も言ってこない龍之介が怖くて、クラスメイトたちに何を思われているのか分からなくて、登校する勇気が出ない。

学校を休んで、アルバイトにだけ行くなんておかしい。都合の良い言い訳はいつまでも続かない。三日もせずに母親を誤魔化せなくなり、勇気を出して登校したものの、誰も話しかけてこなかった。

肥大化した自意識に責め立てられる。

クラスメイトたちが無言で向けてくる視線に耐えられず、結局、裕貴は翌日、また学校を休んでしまう。一日のつもりだった。明日からは学校に行くつもりだった。

それなのに、気持ちに身体がついてこない。身体を気持ちが制御出来ない。

龍之介が話したんだろうか。現場を見ていた同級生の誰かが報告したんだろうか。

担任から電話がかかってきたのは、五度目の欠席をした日のことだった。

話を聞きたいと言って、担任が授業の合間をぬって裕貴の自宅を訪れる。

野中靖子《のなかやすこ》は二十四歳、新卒二年目の若い教師だ。

一連の出来事について問いただされたが、話せることなどほとんどなかった。

何もやっていない。思い当たる節もない。しかし、

「携帯電話の件もある。やっていないという言葉を信じるのは難しい」

担任はそう告げた。

理不尽なことを言われている。そう思ったけれど、担任が疑うのも無理はなかった。事実、龍之介の携帯電話とCDは自分の机の中から出てきているのだ。それでも……。

「龍之介は俺が盗んだなんて思っていないはずです」

「戸川君がそう言っていたの？」

「直接聞いたわけじゃないけど、あいつが俺を疑うなんて、そんなことは……」

「島田君が何を根拠にそんな主張をしているのか、私には分からないよ。だって、戸川君は犯人があなたかもしれないって言っていたよ。証拠はない。確かめようもない。でも、ほかに誰がそんなことをするの？」

「俺を陥《おとしい》れたい誰かが……」

「それは誰？　思い当たる節があるなら教えて。誰かに嫌がらせをされているの？」

答えられなかった。

分からない。他人の気持ちなんて見えない。

誰かに嫌われているという自覚もなかった。

「島田君が答えられないんじゃ、こっちも調べようがないよ」

疲れたような顔で担任は嘆息した。

その態度で理解出来てしまった。担任は裕貴の言葉を信用していないのだ。

「警察に届けるほどのことじゃないし、戸川君も大事《おおごと》にしたくないって言ってる。やっていないって島田君が言うんだから、親にも報告はしない。でも、これからどうするかを君は決めなくちゃいけないと思う」

「決めるって何を……」

「戸川君は友達でしょ？　中学生の時は同じサッカー部だったって聞いたよ。あなたの家庭の事情についても聞いたわ」

「あいつ、そんなことまで話したんですか」

「島田君のことを心配しているのよ。何で、あなたがこんなことをって……。ねえ、島田君。君が何を考えているのか、私には分からない。でもね、友達でいたいなら、友達に戻りたいなら、謝るしかない」

「意味が分からないです。やっていないことは謝れません」

結局のところ、目の前の若い教師は、裕貴が犯人だと考えているのだろう。嫉妬《しっと》に駆られた貧乏人の、子ども染《じ》みた八つ当たりだとでも思っているのだ。

「このままには出来ないでしょう？　欠席を続ければ留年することになる」

あの時、教室で言葉が出てこなかったのは、龍之介に嫌われているのかもしれないと思ったからだ。考えたくもない可能性が頭をよぎったからだ。

そんなことはない。そう信じたい。

だけど、万が一、億が一、本当に嫌われているのだとしたら……。

クラスメイトが注目する中で事件が発覚したのは、あのタイミングで、

『また裕貴の机の中にあるんじゃねぇの』

龍之介がそう言ったからだ。あの時は冗談めかした言葉に聞こえた。けれど、考えれば考えるほどに分からなくなる。

高校でも一緒に戦おうという約束を、自分は破った。何度も遊びに誘ってくれたのに、そのことごとくを断ってばかりだった。模試で勝てる人間こそが、本当に出来る人間だなんて皮肉めいた言葉を、教師から引き出してしまった。

多分、一つじゃない。決定的な何かがあったわけじゃない。

積もり積もった何かが、あいつにとっては……。

「休学という方法もあるよ」

そして、担任がそれを告げた。

謝罪は出来ない。やっていないのだから謝ることはしない。

だが、この気まずい思いを抱えたまま、誰のどんな悪意の標的になったかも分からないまま、教室に戻る勇気もなかった。

中学生の頃、いじめられているクラスメイトに、助けを差し伸べたことがあった。けれど、自分がいじめられた経験はない。仲間外れにされたことも、誰かに明確な意図を持って嫌われたことも、クラスメイトから不審の眼差しを向けられたこともない。

こんな時に気付いてしまう。思っていた以上に、自分は他人の評価に左右される人間だったらしい。現状に耐えられないほどに、心が臆病になっていた。

だから、夏休みを前に決断を下すことになった。

それが、島田裕貴が静鈴荘に通うようになった理由のすべてだった。

11

「自分がいじめられていたと思うか？」

裕貴の話を聞き終えた後で、佐伯は一つの質問をした。

「いえ。いじめられていたとは思っていません。ただ、龍之介に嫌われていたことがショックで。それで怖くなって……」

杏でも生徒の問題を読み違えることはあるらしい。彼女は裕貴がいじめによって、不登校になったと推測していたが、事実はもっと複雑で奇妙なものだった。

「怖いっていうのは？」

「皆が何を考えているのか分からないんです。口に出さないだけで、本当は俺のことを軽《けい》蔑《べつ》しているのかなとか、考え始めたら止まらなくなって。目も合わせられなくなって。ずっと、胃が痛くて。頭痛も吐《は》き気《け》もして、俺……」

「もう良い。辛《つら》いことを思い出させてしまって悪かった」

彼の肩に手を置く。

「俺は裕貴の言葉を信じている。一ミリも疑っていない。味方だから」

「……はい」

答えた裕貴の声は、消えてしまいそうなくらいに小さかった。

見えない悪意が憎らしい。

罪もない少年を追い詰めた悪意が、心の底から赦せなかった。

生ぬるい夏の夜風が、癇《かん》に障る。

佐伯が静鈴荘に帰宅したのは、午後九時になろうかという頃だった。

六時には店で食べ始めていたから、裕貴とは二時間半以上、喋っていたことになる。

品行方正な優等生が、高校を休学することになった理由。それは、理不尽で不愉快なものだった。力になりたい。そう思うものの、現状では何をすれば良いか分からない。裕貴が何を望んでいるのかも、よく分からなかった。

ただ一つ、はっきりしていることもある。せっかく生徒が勇気を出して本心を語ってくれたのだから、話を聞いただけで終わらせてはいけないということだ。


帰宅した静鈴荘の居間には、あらかた食べ終えられたオードブルが並んでいた。

テーブルの中央に薔薇《ばら》の花束《はなたば》が飾られており、珍しく詩季や亮子も居間に残っていた。

「佐伯先生、お帰り！」

「先生、遅いよ！　今日はせっかくご馳走だったのに！」

普段、静鈴荘では夕食を杏たち女性陣が作っている。オードブルなんて初めて見た。

「お祝いか何かですか？　もしかして詩季さんがまた賞を取ったとか」

「違うよ！　結婚記念日！　だから今日は遅くまで遊んでて良いんだよ！」

嬉しそうに大和が答えたが、何が「だから」に繋がるのか分からなかった。

「結婚記念日って最高だよね！　明日も結婚記念日なら良いのに！」

意味不明な言葉を繰り返す大和に、詩季と杏も苦笑いを浮かべていた。

佐伯が座布団に座ると、詠葉がラッピングされた大皿を運んで来てくれた。

「先生の分を詠葉ちゃんが取っておいたんだよ！　でも、こんなに遅いってことは、もしかして夕ご飯を食べてきたんじゃない？　ねえ、蟹《かに》、食べても良い？」

答えを待たずに伸ばされた大和の手を、詠葉が軽く叩く。

今日、裕貴と夕食を食べに行くことは、杏にしか話していなかった。なかなか帰宅しない自分のために、詠葉はご馳走を取り分けておいてくれたのだろう。

「ありがとう。もらうよ」

ちょうど小腹が空き始めたところだ。

「詩季さんたちって結婚何年目ですか？」

「今日で丸四年です」

詩季が答える。

「四年か……。あれ、じゃあ、結婚してすぐに静鈴荘を開校したんですね」

「そうなりますね」

「そっか。凄いな。大変じゃなかったですか。新生活と同時に開校するなんて」

詩季に見つめられ、杏が口を開く。

「私は結婚するまで、中学校で理科を教えていたんです。なので環境の変化はともかく、教職自体に対する戸惑いはありませんでした」

杏は左手の薬指に、シンプルな装飾の結婚指輪をはめている。一方、詩季は指輪をはめていない。夫婦でも考え方が違うのだろう。

「この薔薇の花束は詩季さんが買って来たんですか？」

「ええ。こんな日でないと、なかなかこういう物は買えませんので」

「確かに。考えてみれば花束なんて買ったことないな。素敵ですね。さすがは作家だ」

「作家は関係ないですよ」

詩季は誰に対してでも敬語を使う。子どもたちに対しても、妻に対してもだ。

「詩季さんって杏先生が大好きだよねー。超優しいもん」

からかうような口調で、ひー君が告げ、

「分かる！　俺もそう思ってた！　詩季さんって杏先生の言いなりだもん！」

大和が同意する。

「ひー君、大和、大人をからかったら駄目ですよ」

「からかってないもん。本当のことだもん」

「そう。本当のことなら何を言っても良いんだよ。この前、亮子先生が授業で言ってた」

乾いた笑顔の杏に見つめられ、亮子は気まずそうに顔を逸《そ》らす。

「杏先生は良いなぁ」

小さな声で呟いたのは、小学四年生の咲希だった。

最年少の咲希は、とても繊細な少女である。

知り合いが傷ついたわけでもないのに、悲惨なニュースを見ただけで、心を痛めてしまうような子だった。

「私も将来、結婚出来たら良いなぁ」

「心配いりません。咲希は素敵な人と出会えますよ」

「でも、私、先生みたいに可愛くないし、臆病だし」

「詩季さんは私が可愛いから結婚したわけじゃありませんよ。そうですよね？」

「そうだったかもしれませんね」

杏に問われ、詩季は苦笑いを浮かべる。

「咲希は臆病じゃなくて、慎重なんです。優しいから人より沢山のことを考えてしまう。それはとても素敵なことですよ」

「じゃあ、私も結婚出来る？」

「頑張りましょう。協力します」

「杏先生が助けてくれるなら、なんか出来そうな気がしてきた」

嬉しそうに告げた咲希の頭を、杏が優しく撫でる。

静鈴荘の子どもたちにとって、杏は教師であると同時に母でもあるのだろう。

どんな人間でも、夢を見るのは自由だ。いつか自分も、彼女のように、子どもたちに慕われる教師になりたいと思った。

12

後片付けが終わってから、杏に今日の報告をおこなった。

裕貴は自分にだから事情を話してくれたのかもしれないが、教師としての経験の差を考えても、杏には相談しておくべきだろう。

「教師って探偵みたいですよね」

すべての報告を終えた後、佐伯の口からは自然と、そんな言葉が零れ落ちていた。

「子どもたちが抱えている問題は千差万別で、時には問題の本質に本人さえ気付いていないこともある。だから教師がいる。俺、真相を突き止めたいって思ってます」

問題を知っただけで話が終わるなら、教師なんていらない。大切なのは、ここからだ。

「犯人を見つけます。裕貴を陥れようとしていたのは誰なのか、それが分かれば、あいつは救われるはずだ。俺は裕貴の担任です。だから、あいつを助けたい」

「この仕事には往々にして正解がありません。貫いた道の先に、救いがあることを願うしかない。裕貴の担任は佐伯さんです。どんな手を伸ばすのも、あなたの自由です。ただし途中経過も含めて、必ず私に報告をして下さい」

「分かりました。あいつを救ってみせます」

「くれぐれも無理はしないで下さいね」

無理って何だよ。咄嗟に、そう思った。

生徒のために無理も出来ないなら、そんな人間、フリースクールには必要ない気がする。裕貴はまだ子どもだ。十六歳の少年なのだ。

自分が助けなければならない。助けてやりたい。


裕貴のことが頭から離れず、なかなか寝付けなかった。

眠れないまま布団の中で時間を潰しても仕方がない。一時間ほどかけて、翼に言われていた読書感想文を書いてみたけれど、やはり眠気は襲って来なかった。

時計に目をやると、時刻は深夜二時を回っていた。

頭を使っているだけで喉も渇くのだろうか。あんなに食べたのに、またしても腹が空《す》き始めている。早く眠るためにも、水でも飲んで空腹を紛《まぎ》らわせた方が良いだろう。

自室を出て、台所へと向かうことにした。


水を一杯飲んだところで、パントリーにバナナの房を発見する。

多分、朝食用だが、一本くらいならもらっても平気だろうか。夜中に食べる甘い物は至福の喜びを運んできてくれる。無意識の内に、二本目にも手を伸ばしていた。

明日の分が足りなくなっていたら、どうしよう。書き置きを残しておかないと、大和が疑われて叱《しか》られてしまうかもしれない。そんなことを考えながら、ゴミ箱になっている大きなバケツの蓋《ふた》を開けると、予期せぬ物が視界に飛び込んできた。

寝惚《ねぼ》けているんだろうか。それとも、実はもう夢を見ているんだろうか。

眼前に広がっていたのは、奇妙な光景だった。

目をこすってみても、映る景色は変わらない。

台所の片隅《かたすみ》、ゴミ箱の中に、薔薇の花束が捨てられていた。

茎が無残《むざん》に折られ、まるで叩きつけられたように花弁が……。

これは数時間前に居間で見た花束で間違いない。

詩季が結婚記念日のために買って来た花束である。

誰が、こんなことを……。

気付けば、佐伯の背中を、一筋の冷たい汗が伝っていた。

幕間

杏と詩季

一九九九年、七月二十三日。午前二時。

子どもたちも寝付いた静鈴荘《せいりんそう》に、家主が帰宅した。小説家の舞原詩季《まいばらしき》である。新人賞の受賞パーティに出席した流れから、担当編集の宇井《うい》にバーを連れ回され、こんな時間になってしまった。

普段、詩季はほとんど外出をしない。同業の作家とも没交渉だ。良い機会だからと、宇井は詩季と会いたがっていた業界関係者に、挨拶をさせて回らせたのだ。

夜行性と言って良い生活を送っていることもあり、深夜に連れ回されることに対する抵抗はなかった。ただ、人と会うという行為は、それだけで気力と体力を奪う。放り込まれたタクシーの中でも眠ってしまいそうだったし、見慣れた我が家に着くと、一気に力が抜けていった。

住人や子どもたちを起こさないよう、足音を立てずに居間に入った詩季は、そこで意外な顔を発見する。

「お帰りなさい。随分と遅かったですね」

畳の上で正座をした妻の舞原杏《まいばらあんず》が、急須《きゅうす》でお茶を淹《い》れていた。風呂上《ふろあ》がりでもないのに、髪を束ね、一つに結っている。こんな時間まで何か作業をしていたのだろうか。

不在の千桜瑠伽《ちざくらるか》まで含めれば、現在、静鈴荘には十人が暮らしている。大所帯の静鈴荘において、杏は毎朝、誰よりも早く起き、洗濯機を何度も回し、テーブルいっぱいに並ぶ朝食を作っている。

朝にはめっぽう強い杏だが、日付が変わっても活動していることはほとんどない。

「杏さんがこんな時間に起きているなんて珍しいですね」

「考え事をしていたら眠れなくなってしまったので、お茶でも飲もうかと。詩季さんの分も淹れましょうか？」

「お願いします」

結婚から四年が経ち、杏は三十一歳に、詩季は二十七歳になった。

詩季のことを色恋とは無縁の男と信じていたからだろう。四年前、結婚することになったと告げた時の、宇井の呆然《ぼうぜん》とした顔は今でも忘れられない。

宇井は結婚直前まで詐欺《さぎ》を疑っていたし、婚姻届を提出した後も、絶対に財産目当てだと、失礼なことを口走っていた。二十三歳の詩季が結婚するという事実は、それほどまでに信じ難いことだったのだ。しかし、それも無理のないことだろうか。

詩季が宇井と初めて出会ったのは、新人賞に応募した十五歳、まだ中学生だった時分の話である。それ以来、宇井は編集者としてだけでなく、時には兄のように詩季を見守ってきた。大袈裟ではなく、舞原詩季のことを誰よりも理解していたのが宇井《うい》善之《よしゆき》だろう。そんな宇井にすら一言も相談せずに、詩季は杏との結婚を決めた。

「詩季さんが出先で、お酒を飲むのは珍しいですね」

湯気の立つ湯飲みが目の前に置かれる。

「何度も勧められたので断れなくて」

「本当はそんな場所には出向きたくなかったんじゃないですか」

「そうかもしれません。ただ、いつも断ってばかりだったので、たまには宇井さんの顔を立てようかと。次にこういう機会があった時は、もう少し早く帰って来ます」

「詩季さんの人生です。好きにしたら良いと思いますよ」

湯飲みのお茶を飲み干しても、杏は窓の外に輝く月を見つめたまま席を立たなかった。

自由に寝起き出来る詩季とは違い、杏は明日も朝早いはずである。自室に戻らなくて良いのだろうか。

「もう一ヵ月くらい瑠伽さんの顔を見ていない気がします」

他意のない口調で詩季が呟くと、杏は困ったような顔で笑った。

「あの人は根無し草ですから」

「今、瑠伽さんはどちらに？」

「函館《はこだて》で仕事をしていると聞いています」

「最近は北の仕事が増えましたね。確か去年も北海道だった」

「いつまで、あんな生活を続けるんでしょうね」

「瑠伽さんのことが心配ですか？」

「呆《あき》れているだけです」

溜息《ためいき》交じりに告げた後で、杏は詩季の瞳を見据えた。

もう四年も一緒に暮らしているというのに、詩季は未だに杏に見つめられることに慣れない。視線が交錯しただけで、背筋が伸びるような気がした。

「私、詩季さんに聞きたいことがあったんです」

「はい。何でしょう」

「『残夏《ざんか》の悲鳴』に書かれていることは、すべて事実ですか？」

それは、詩季にとって、あまりにも不意打ちの質問だった。

何故、そんなことを突然、妻が聞いてきたのか、想像もつかない。

「見聞きした事実を僕は忠実に書き起こしました。ただ、目隠しをされていた間の出来事については、音声と匂い、触感を除けば想像です。あの本に書いたことは、あくまでも可能性の一つでしかありません」

「つまり間違っている可能性もあると？」

「いえ、そうは思いません。犯人がバスから消えた方法が、ほかに考えられない以上、動線は限りなく事実に近い描写であると確信しています」

静鈴荘の教室には詩季の著作が並んでいる。どれも子ども向けに書かれた本ではないが、生徒たちは時々、手に取って読んでいるようだ。しかし、瀬戸内バスジャック事件の被害者である詠葉《うたは》の気持ちに配慮して、『残夏の悲鳴』だけは置かれていない。

「どうして、そんなことを僕に聞くんですか？」

詩季もまた瀬戸内バスジャック事件の被害者だ。ほぼ最後までバスに乗っていた人質の一人だから、あの事件について誰よりも詳しく知っていると言って良いだろう。解放後、警察にも散々、事情聴取をされている。

「気になることが出来たんです」

結婚以前も、以後も、事件そのものについて杏と喋ったことは一度もない。本当に、ただの一度もなかった。お互い、あの事件については触れない。そういう暗黙のルールが夫婦の間には、最初から存在していた。

瀬戸内バスジャック事件を、戦後最大の未解決事件たらしめた要因は大きく三つある。

犯人が逮捕どころか特定もされていないこと。

犯人が封鎖された瀬戸大橋から、ヘリコプターの空撮をかいくぐって消えたこと。

類例を見ない劇場型犯罪だったにもかかわらず、犯人の動機が不明だったこと。

三つの内、最初期に注目されたのは、二つ目の謎だった。

未明に解放された成人男性、九名。瀬戸大橋で順次解放された女性と未成年男子の二十名。詠葉以外の乗客全員が無事に解放されており、橋を渡り切ったところで、運転手と最後の乗客である詠葉が救出されている。

警察は乗客に共犯者がいた可能性を疑いながらも、主犯の女はパーキングなどで乗り込んだ外部の人間、三十一人目の乗客であると確信していた。

主犯の女は、少なくとも瀬戸大橋で乗客の解放が始まるまでは、バスに乗っていた。

警察は当初、犯人が一九八九年当時の映像技術を逆手《さかて》に取り、何らかの手段を講じて、身を隠しつつバスから脱出したのではないかと考えていた。忍者ではないが、隠れ身の術のような形で、アスファルトと同化して空撮の目を逃れたと推測したのだ。

ヘリコプターはずっとバスを追っていたから、距離を取ってしまえば、犯人はいかようにでも行動出来ただろう。しかし、最大の問題は、犯人自身の要求により、瀬戸大橋の入り口と出口がどちらも封鎖されていたことだった。その上、警察は瀬戸大橋周辺の海上にも人員を配置していた。仮に空撮を逃れてバスから脱出し、海に飛び込んだとしても、逃げ場はなかったはずなのである。

世間が狂ったように事件の熱にうかされていたあの頃、国民全員が探偵だった。

誰もがこぞって犯人の脱出ルートを推理していた。

そんな中、事件の被害者である舞原詩季が、手記とも呼べる小説を発表した。

詠葉と運転手以外の被害者すべてが目隠しをされていた十数時間の間に、バスの中で本当は何が起きていたのか。それを犯人の目線で詳細に描出して見せたのだ。

『残夏の悲鳴』がベストセラーとなり、犯人の逃走ルートが解き明かされたことで、世間の興味は移り変わる。

瀬戸内バスジャック事件の犯人は誰なのか。

犯人は何故、あんな事件を起こしたのか。

人々は次なる謎を追い始めることになった。

そして、十年後の今日。事件について一言も口にすることのなかった妻が、

『気になることが出来たんです』

そう、告げた。

分からなかった。それは詩季にとって、本当に理解出来ない質問だった。

「確かめたいことが出来たんです。すみませんが『残夏の悲鳴』を貸して頂けないでしょうか？」

妻の顔から、一切の表情が消えていた。

「僕は構いませんが、杏さんにとっては……」

喉元まで出かかった言葉を、すんでのところで嚙《か》み殺す。

「では、部屋から取ってきます」

自室までの短い距離を歩く間も、詩季は混乱を頭から振り払えなかった。

杏は何故、今になって、そんなことを自分に言ってきたのだろう。

『残夏の悲鳴』は既に何十回という重版を経験している本だ。重版がかかる度に一冊ずつ見本が送られてくるせいで、置き場のない書籍が、部屋の片隅で山積みになっている。その山から無作為に一冊を取り、杏が待つ居間へと戻った。

「お待たせしました。どうぞ」

「ありがとうございます」

受け取った『残夏の悲鳴』の表紙を、杏はまじまじと見つめる。

その横顔には、哀しみとも怒りとも違う感情が滲《にじ》んでいた。

「理由は教えてもらえないんでしょうか」

「理由？」

本当は分かっているのに、杏は聞き返す。

「僕の本は読まないと仰っていましたよね」

その時、妻の顔に浮かんだのは奇妙な笑みだった。

笑い方を忘れた道化師《ピエロ》のような……。

「今回は特別です」

杏はそれ以上の説明を口にせず、詩季もその先を促すことはなかった。

「分かりました。読み終わったら、それは捨てて下さい」

感情の伴わない声で告げてから、詩季は一人、自室に戻る。

夫が部屋に消えるまで、杏がその場を動くことはなかった。

第二話

正しく救われるということ

1

七月二十六日、月曜日。

通学生の一人、エリカ・オルブライトの身にトラブルが発生し、舞原杏《まいばらあんず》は朝から走り回っていた。結局、エリカの自宅まで行かなければならなくなり、佐伯道成《さえきみちなり》に教室を任せると、杏は午前のうちに静鈴荘《せいりんそう》を飛び出して行った。

ここで佐伯が働き始めてから、早いものでもう三週間が過ぎている。不器用なりに上手くやれている。佐伯はそう思っていたし、杏からも少しずつ頼られるようになってきたと感じていた。

静鈴荘の子どもたちは皆、杏に一目置いている。

杏がいる教室では悪ふざけをしないし、あの大和《やまと》でさえ真面目に勉強している。少なくとも、そういう振りをしている。だが、今日はその杏がいない。

子どもたちの口車に乗せられ、いつもより一時間以上も早く、佐伯は授業を終えることになった。

叱るというのは褒めるよりも何倍も難しい。嫌われたらと思ってしまうと、容易には大きな声を出せない。問題を持つ子どもと向き合っている時に、そんなことを考えてしまうのは自分だけだろうか。

杏も、大学生の亮子《りょうこ》も、注意するべき時には、きちんと声を張って注意している。亮子の怒りは指導というよりストレスの発散のように感じられる時もあるが、三人の教師の中で、子どもたちに一番舐《な》められているのは、間違いなく佐伯だろう。

人には得手不得手がある。きっと、叱るという行為が自分は苦手なのだ。

放課後、庭で大和とひー君の相手をしていたら、詠葉《うたは》に手招きされた。

『杏先生がいないので、買い出しを手伝ってもらえませんか?』

差し出されたメモ帳の文面を読み、胸に不思議な感情が広がった。

今、目の前に立つ十七歳の少女は、少なからず自分に好意を抱いている。そんな推測は、ここ数日で確信に変わりつつあった。庭に詠葉が現れたのを見て、空気を読むように大和とひー君は姿を消した。あの二人でさえ敏感に機微《きび》を感じ取っているのだろう。

十七歳の少女と、それも生徒と、恋愛関係なんて結べるはずがない。期待させるような行為は慎《つつし》みたかったが、自分が買い出しの付き添いに適任なことも分かっていた。必要なのは九人分の食材である。少女一人で運べる量じゃない。

真夏の夕刻は、気温が下がらない。

アスファルトの上で陽炎《かげろう》みたいに蒸気が揺れていた。

染みついた夏の匂いを感じながら、詠葉の後をついていく。

一緒に出掛けられることが嬉しいのだろう。少女の跳ねるような心は、足取りからでも容易に伝わってきた。

十分も歩けば、普段、利用しているスーパーに到着するが……。

「詠葉。ストップ」

スーパーまでの道中、電信柱に見覚えのある地名を発見した。

財布の中に入れていたメモを取り出して確認すると、思い違いではなかった。

「悪い。少し寄り道しても良いかな。近くに裕貴《ゆうき》の友達の家があるはずなんだ」

四日前、佐伯はラーメン屋で裕貴から、高校で何があったのかを聞いた。

五月から始まった悪意を孕《はら》んだ悪戯。いや、被害者があそこまで心を痛めている以上、悪戯などという言葉では片付けられないだろうか。

他人からしたら些細《ささい》なことかもしれない。大人からしたら、そんなことでと呆れてしまうようなことかもしれない。だが、大抵の子どもにとって、学校とは人生のすべてだ。

だから裕貴は恐れた。周囲の目が、友達の目が、たまらなく怖い。

ずっと人気者として生きてきた裕貴にとって、嫌われるというのは、耐えがたく苦しく、忍びがたく痛いことだったのだ。

しかし、一連の事実について、佐伯はある疑念を抱いてもいた。

裕貴が語った出来事は、果たしてすべてが真実なのだろうか。

彼は嘘をつくようなタイプではない。けれど真実というのは、立ち位置が変わるだけで異なる見え方をする場合がある。

裕貴が懸念するように、悪意の発信者が親友だったなら、話は早い。裕貴にとっては哀しい事実になるが、解決策は見つけやすいはずだ。ところが、もしも彼が『犯人』ではないとなると、問題は途端に複雑になる。

裕貴の親友、戸川龍之介《とがわりゅうのすけ》について、淳奈《じゅんな》は「私みたいな落ちこぼれにも優しかった」と言っていた。彼もまた裕貴のように良い奴だったなら……。

静鈴荘に通う岡本淳奈《おかもとじゅんな》は、裕貴と同じ中学校の出身である。裕貴に高校での出来事を聞いた後、佐伯は淳奈に卒業アルバムを見せてもらい、記されていた戸川龍之介の住所を控えていた。

困っている生徒を前に何も出来ないんじゃ、静鈴荘で教師になった意味がない。

今すべきことは、もう一人の当事者に話を聞くことだろう。

戸川家は駅前の一等地にあり、外観だけでそうと分かる豪邸だった。

一般の高校であれば、既に夏休みに入っていても不思議ではない時期である。しかし、進学校である北進《ほくしん》高校では、七月の終わりまで通常授業が続くという。

時刻は午後五時半。龍之介はまだ部活をやっている時間だろうか。

門の脇に設置されたインターフォンを押そうとしたその時、戸川家からパンツスーツ姿の若い女が出てきた。母親には見えないし、姉だろう。

出て来た彼女に、龍之介の友人、島田裕貴《しまだゆうき》の担任であると自己紹介をすると、怪訝《けげん》な眼差しを向けられた。

「実は弟さんに聞きたいことがあって、訪問させて頂きました。龍之介君は……」

「待って下さい。私はこちらの家の人間ではありません」

「あれ。すみません。てっきりお姉さんかと……。じゃあ、セールスか何かで……」

「いえ、多分、あなたと同じです」

「……同じ？」

目の前の女が苦笑いを浮かべる。

「初めまして。私は戸川龍之介君の担任です」

野中靖子《のなかやすこ》、それが裕貴の担任の名前だった。

二十四歳、新卒二年目の数学教師らしい。小柄で化粧栄えのしない顔をした、生真面目《きまじめ》そうな女だった。

二週間前まで自身の生徒だったのだ。彼女もまた、休学した裕貴のことを気にかけており、持っている情報を交換しようという話になった。

近くの喫茶店に入ることになったものの、問題は佐伯が一人ではなかったことだ。詠葉は夕食の準備もしなければならない。先に買い出しへ行くよう促したが、最後まで一緒にいると言って彼女は譲らなかった。

裕貴の事情を詠葉に聞かせるわけにはいかない。少し離れた席に座らせ、ケーキを食べて待ってもらうことにした。

2

幸か不幸か、クラスで起きた出来事について、佐伯と野中の理解に相違はなかった。

しかし、裕貴の将来については、意見が真っ向から対立する。

裕貴は悪意の被害者である。人生をねじ曲げられるべきではない。佐伯は復学の道を探るべきと考えていたが、野中は裕貴がクラスに戻ることに対して、はっきりと難色を示していた。どうやら彼女は、裕貴が犯人であると確信しているらしい。

「島田君にはカンニングの疑惑があるんです」

想像もしていなかった言葉を告げられる。

「六月の全国模試で、島田君は数学でクラストップの成績を取りました。ただ、違和感があって。普段の定期テストでは、戸川君の方が圧倒的に好成績を収めているんです。彼は本当に数学が得意で、入試でも数学は満点でした」

「はあ。それは凄いと思いますが、そこからどうなると、裕貴がカンニングしたなんて話になるんですか？」

「二人の答案の正誤を確認したら、問題用紙右ページの解答がすべて同じだったんです。気付いた時には愕然《がくぜん》としました。名簿順の座席でしたので、島田君は戸川君の右斜め後ろの席で試験を受けています。誤答まで同じなんて偶然、起こると思いますか？」

「それはあなたの切り取り方じゃないんですか？　解答すべてが同じならともかく、右側のページだけなんですよね？」

「島田君の席からは、右側のページしか見えなかったんだと思います」

「そんなことあるかな。それに、おかしいじゃないですか。右側半分だけカンニングしたって、トータルスコアで逆転は出来ないでしょ」

「いえ、おかしな話ではないんです。彼らが受けた模試には、最上位の生徒たちに差をつけるために、制限時間内には解き切れない量の問題が用意されていました。半分だけカンニングすると決めて、左側の問題だけに時間を使えば、好成績を収めることが可能なんです。時間が足りなくなるということも、生徒には事前に伝えていました。問題用紙にチェックを入れていって、終了時間が近付いたら一気にマークシートを塗り潰すように指導していたんです。その方が時間を有効に使えますし、誤マークの危険も減ります。島田君は自分で左側の問題を解き、戸川君が問題用紙にチェックする瞬間を観察し、カンニングしたんです。だから半分だけ正解も誤答も同じになった」

カラクリという意味でなら納得出来そうな話ではあった。しかし、やはり釈然としない。内申点を稼ぐために、定期テストでカンニングをしたというなら、まだ理解は出来る。ただ、今回は模試だ。カンニングをすることに何の意味があるのだろう。

「家庭環境、学力、様々な理由で、島田君は戸川君に嫉妬していたんだと思います。島田君は自分たちが親友だと言っていましたが、そう思っているのは彼だけです。戸川君が仲間たちとサッカーに汗を流している間、彼はアルバイトに精を出している。周りの同級生たちが携帯電話を手にし始めているのに、彼はそれも持っていない。CDだって……」

嫉妬や羨望、人間なんだから負の感情を抱くことはあるだろう。だけど裕貴はそんな奴じゃない。出会って二週間が経つが、僻《ひが》みから友達に怒りをぶつけるような、小さな男だとは思えなかった。

「島田君が務めていたクラス委員長は、戸川君に替わってもらいました。私は島田君の復学には反対です。彼が真摯《しんし》に謝罪しない限り、教室に居場所はありません」

携帯電話とCDを盗んだ犯人は島田裕貴。野中は本気でそう信じている。

今日、彼女が戸川家を訪れたのは、龍之介が体調不良で学校を休んだからだった。大切な配布物があり、それを届けに来たタイミングで佐伯たちと遭遇したらしい。


何一つ疑念が解消されないまま、買い出しに戻ることになった。

苛立ちを払拭《ふっしょく》出来ず、自然と溜息が零れる。

野中靖子に聞かされた納得のいかない考察に思いを巡らせていたら、不意に、隣から詠葉がメモを差し出してきた。

『綺麗な人でしたね。』

一瞬、何を言われているのか分からなかった。

詠葉は面白くなさそうな顔で、自分を見つめている。メモ帳がめくられ、

『先生はああいう女の人が好きなんですか?』

想定外の質問が突きつけられた。

これは……まさか物凄く不本意な誤解を受けているということだろうか。

好みも何も裕貴を犯人扱いする野中に対し、佐伯は終始、怒りを覚えていた。

詠葉は声が聞こえない位置に座っていたわけだが、離れた席からは、自分たちが楽しそうにお喋りしていたように見えたんだろうか。浮かべていたのは社交辞令の、取り繕《つくろ》った笑顔でしかなかったというのに……。

どうしよう。誤解されて困ることでもないが、良い気分でもない。

口をとがらせる詠葉は、どうやら怒っているようだ。

今更、何を言っても言い訳にしか聞こえないかもしれないが……。

3

野中靖子と話せたことで、少なからず判明したことがある。

北進高校の担任には期待出来ない。頼れないということだ。それが分かっただけで、昨日の訪問には意味があったが、当初の目的、戸川龍之介との接触は果たせていない。

翌日の昼休み、佐伯は一人、戸川家を再訪してみることにした。

昨日、野中は戸川家に配布物を届けていた。翌日、登校出来るなら、わざわざ家まで届けはしないだろう。恐らく今日も家で休んでいるに違いない。

インターフォンを押してしばらく待つと、鼻声が聞こえてきた。

「突然、すみません。フリースクールで教師をしている佐伯道成と申します」

カメラで向こうからはこちらが見えている。話を続けることにした。

「私は現在、島田裕貴君の担任を務めています。今日は龍之介君に話を伺いたくてお邪魔しました。失礼ですが、ご本人でしょうか？」

「……はい。そうです」

「会えて良かった。フリースクールというのは簡単に説明すると……」

「知ってます。サッカー部の仲間に聞きました。今、裕貴が通ってるって」

「それなら話が早い。体調不良って聞いたんだけど、少し話をしても大丈夫かな。具合が悪いようなら、日を改めることも……」

「大丈夫です。もう熱も下がりましたから。インフルエンザだったので、学校はしばらく休まなきゃですけど、俺も聞きたいことがありますし」

夏のインフルエンザって、海外旅行で罹患《りかん》した旅行者が運んできたウイルスが原因だったっけ。高熱を伴うことが多く、大変だと聞いたことがある。

「本当に休んでなくて大丈夫？　親が心配しない？」

「日中、親はいないです。日が暮れる前に帰って来ることはないので」

「分かった。じゃあ、このまま無理のない範囲で話を」

出来れば顔を見ながら話したかったが、インフルエンザでは仕方ない。言葉を選びながら、裕貴から聞いた話が事実なのかを確認していくことにした。

佐伯の話に対し、龍之介が異論を唱えることは最後までなかった。

携帯電話のことも、ＣＤが割られていたという話も、二人の理解に齟齬はなかった。

新たに判明した事実は一つだけ。球技大会で切れた靴紐に、不自然な切り口が残っていたことを龍之介は知らなかった。裕貴が話していなかったのだろう。

一連の事件の概要を確認した後で、佐伯は核心を問う。

「正直に聞かせてもらって良いかな。君は誰が犯人だと思う？」

「……信じたくはないけど裕貴かな」

しばしの沈黙の後で、龍之介はそう答えた。

「そう思う理由を教えてもらっても良い？」

「俺から聞いた話を、裕貴に黙っていてもらえますか？」

「約束するよ。君が聞かれたくない話は、誰にも話さない」

「じゃあ、言いますけど。担任に聞いたんです。裕貴が模試でカンニングをしていたって。高校に入ってから、避けられているのかなって思うことが時々あって。それで携帯とＣＤがあんなことになったから、いつの間にか嫌われていたんだなって」

それが彼の本心だとすれば、二人はまったく同じ思いを抱いていたということになる。高校生になって付き合いが悪くなったから嫌われた。裕貴はそう言っていた。

「あの、佐伯先生でしたっけ。うちに来たってことは、裕貴から俺のことを聞いたんですよね。あいつ、俺のことを何て言っていましたか？」

「少なくとも悪口や恨み節は聞いていないかな」

「本当のことを言って良いですよ。俺、反省したんです」

「反省？」

「何度も嫌な思いをさせてきたんだろうなって。俺、多分、人より小遣いが多いんです。だからCDとかスパイクとか、よく買ってたんだけど、小学生の頃から、あいつは嫌な思いをしていたんだろうなって。海外旅行に行ったら、お土産を渡すじゃないですか。そういうのも嫌味に見えていたのかなって。だから、あいつは……」

「そんなこと、裕貴は言ってなかったよ」

「話さないでしょ。フリースクールに通い始めたのって、つい最近の話ですよね。会ったばかりの教師にそんなこと」

「それは、そうかもしれないな」

「言ってくれたら謝ったし、気をつけたんだけど」

「家庭環境で感覚が変わってくるのは、ある程度、仕方ないさ」

「でも、気付けなかったのは俺の失敗だから」

龍之介は裕貴のことを犯人だと思っている。しかし、恨んでいるようには感じられない。私物を壊されたことすら、自分に非があったからだと考えている。とてもじゃないが、悪意の主犯には思えなかった。

「まあ、高校一年生が友達を励ますために、チェーン店でもない焼き肉屋に入ったりはしないかもな。裕貴、メニュー表を見て、びびってたみたいだよ」

「そうなんですか？」

「ああ、値段が気になって、味もろくに分からなかったって言ってた」

「……そっか。あれも失敗だったのか。じゃあ、口止めされてたけど、言えば良かったのかな。あの店を選んだのも、金を出したのも、俺じゃないんです」

「そうなの？」

「はい。球技大会の敗戦の責任を感じている裕貴を励ますために、美味しい物でも食べさせてあげてって言われて」

「それは誰に？」

「誰って担任です。裕貴、球技大会の運営に関わっていたんです。何日も前から先生たちを手伝って忙しくしていたのに、試合では戦犯みたいになっちゃって。それで、かわいそうだから、店を予約しておいたので励まして来いって。だから俺は金も払っていません」

何処かで、何かが、繋がり始めた。不意に、そんな気がした。

この得体の知れない違和感の正体は何だろう。

「そうだ。もう一つ聞いても良いかな。不思議なことがあるんだけど……」

静鈴荘に戻り、午後の授業が始まっても、龍之介から聞いた話が頭から離れなかった。

裕貴も、龍之介も、とてもじゃないが互いを嫌っているようには思えない。それなのに、どうしてこんなことになっているのか。

龍之介の印象は、淳奈に聞いた通りのものだった。

優等生。そう、二人とも絵に描いたような優等生だ。


その日の最後の授業中、別教室で小学生と中学生を教えていた杏が現れた。

何でも詩季《しき》に暑中見舞いが送られてきたらしい。

人気作家である詩季の下には、関係者やファンから、しばしば贈り物が届く。

授業を中断してのおやつタイムに、子どもたちは歓喜していた。

呼ばれた大教室に入ったところで、裕貴の肩を叩く。

「なあ、今日はアルバイトが休みだったよな」

「はい。休みです」

「放課後、家に行っても良いか？」

裕貴に話しかける佐伯を、杏が横目で見ていた。

「俺の家にですか？」

「ああ。確認したいことがあるんだ」

「別に良いですけど、狭くて汚い家ですよ。片付いてもいないし」

「大丈夫。慣れてる。うちの実家も市営団地だったから、そんな感じだしな」

まだ、はっきりとしたことは何も分かっていない。けれど一つだけ、どうしても釈然としないことがあった。それを、どうしても確認しておきたかった。

「杏先生。申し訳ないんですけど、これを食べたら」

「分かりました。高校生クラスの掃除は、私が指揮を執ります。今日の授業も終わりにしましょう。食べ終わったら出発して下さい」

「良いんですか？」

「はい。どうやら何か分かったようですし、善は急げです。後で報告だけお願いします」

杏は本当に、怖いくらいに勘の良い人だ。

高校生のことは佐伯に任せる。そう言って、裕貴の問題には深く介入してこないが、本音のところでは、どう思っているんだろう。静鈴荘には十二人の児童・生徒が通っている。運営者の彼女は、全員のことを気にしなければいけないわけだが……。

4

島田家は十棟以上のマンションが立ち並ぶ都営住宅の一室にあった。

2DKの室内は薄暗く、どの部屋の畳も日に焼けている。

ダイニングの床は歩く度に軋《きし》み、擦り傷だらけだ。

戸川家とは比較するのも悲しくなるほどに、簡素で古い家だった。

制服を着ている学校では、ユニフォームを纏《まと》ったフィールドでは、誰にも差異が分からない。だが、二人の家庭環境は、本当に対照的なものだ。

「佐伯先生は変わってますよね。家庭訪問以外で家に来た先生なんて初めてです。あれ、それとも、これって家庭訪問?」

「いや、緊張するから、どっちかって言うと親御さんには会いたくないかな」

「やっぱり、変な人だな」

緊張が解けたような顔で、裕貴が笑う。

「ねえ、先生って恋人はいるんですか?」

「へー。裕貴もそういうことって気にするんだな」

「そりゃ、たまには。どうなのかなって思って」

「いないよ。残念ながら」

「そっか。じゃあ、詠葉さんのことは、どう思ってるんですか？」

苦笑いが零《こぼ》れてしまった。

「詠葉は学生だからな。そもそも恋愛対象にはならないさ」

「でも、二年後には大学生じゃないですか。詠葉さん、本気で先生のことを好きだと思いますよ。授業中もいつも気にしているし、佐伯先生の担当科目ばかり頑張ってる」

「周りに年上の男がほとんどいないからだろ。詩季さんは結婚しているし、瑠伽さんに至っては見たこともないし、ほかの学生は年下ばかり。だから勘違いしたんだ」

「そうかな。俺はそうは思わないです」

「裕貴こそ、どうなんだよ。モテるだろ。あの安西《あんざい》って子も、付き合うとか付き合わないとかって話していたし」

佐伯の言葉を受けて、裕貴は寂しそうに笑う。

「確かにサッカー部はモテるかもしれませんね。龍之介も人気があったし。でも、俺、人を好きになるって感覚が、いまいちよく分からないんですよね。昔、龍之介が槇原敬之《まきはらのりゆき》の『PHARMACY』ってアルバムを貸してくれたんです。その中に、好きだ嫌いだって騒いでる奴らに首を傾げていたみたいな歌詞があったんです。あ、俺のことだって思って。彼女が欲しいって言ってる奴は、中学の頃からいましたし、話を聞くのも面白かったけど、俺は友達と遊んでる方が楽しくて。多分、子どもなんだと思います」

「裕貴が子どもだったら、大抵の高校一年生はお子様だな」

「先生は俺を買い被ってると思うんですよね」

そんなことはない。普通の高校一年生がどんな生き物なのか、よく知っているわけではないが、やっぱり裕貴は大抵の十六歳よりも、きちんとしていると思う。

「うちで確認したいことって何だったんですか?」

「本題に入ろうか。定期テストや模試の答案って残している人?」

「そうですね。高校に入ってからの物は捨てていないと思います」

「良かった。じゃあ、今からそいつを……」

5

七月二十八日、水曜日。

龍之介と裕貴の自宅をそれぞれ訪ねた日の翌日、佐伯は杏に許可をもらい、午前中から外出していた。行き先は裕貴が通っていた北進高校である。

午前十一時。

案内された応接室で、佐伯は北進高校の教頭と向き合っていた。

今月に入って休学した島田裕貴が、現在、フリースクールに通っていること。自分が担任を務めていること。そして、彼に復学を促したいと考えていること。

真剣な顔で耳を傾けていた教頭は、佐伯の話を聞いた後で「生徒が望むなら復学を歓迎したい」と、シンプルな回答を告げた。

生徒の休学、退学は、公立高校でも望ましい話ではないらしい。

仮に復学時点で出席日数が足りなくなった授業があっても、ある程度までなら補習で対応出来るという。

学校側は復学の希望に対し、歓迎の意を示している。やはり問題は裕貴自身の意志と、担任が復学に反対していることと見て良さそうだった。

裕貴が休学を決めたのは、教室の空気に耐えられなくなったからである。問題が解決していない状態で復学しても、同級生たちが裕貴を受け入れるとは思えない。だから復学には反対だ。それが、担任、野中靖子の考えだ。

今回の休学について、彼女は上司にどう報告していたのだろうか。

「失礼を承知で言わせて下さい。野中先生とも直接話しましたが、彼女が今回の事態に真剣に対応していたようには、到底思えないんです」

素直な思いを伝えると、教頭は困ったような顔を見せた。

「彼女にも会ったことがあるんですね。野中君はまだ若い教師で、担任を受け持つのも今年が初めてです。彼女なりに精一杯やってくれていると信じていますが、研修や教材研究にも追われているでしょうから、なかなか……」

「仰っていることは分かります。ただ、それは言い訳にならないですよね。学生にとっては、どんな一年も、二度と経験することが出来ない貴重な一年であるはずです」

「ええ。お言葉はもっともです。ただ対応にも限界があるので」

「失礼ですが、仕事量が多過ぎるということはないでしょうか？　例えば授業数が多過ぎて、クラスの問題に対応する余裕がないとか」

「授業数は常識の範囲内かと思います」

「彼女のシフトを見せて頂くわけにはいきませんか。授業のコマ数を知りたいんです。私も教師なので、仕事量が分かれば、ある程度は理解出来るかもしれません」

「はあ。まあ、構いませんが」

それから、教頭は野中靖子の勤務表を見せてくれた。

教師は生徒と違い、一日中、授業に入っているわけではない。体育や音楽、美術といった教員の少ない科目でない限り、授業に入らない時間が設定されている。

「……確かに常識的なシフトですね。すみません。ありがとうございました」

「納得して頂けたのなら良かった。学校としても、私個人としても、復学は歓迎です。休学は家庭の事情と聞いていますので、こちらから協力出来ることは少ないかもしれませんが、何かありましたら、ご連絡下さい」

休学は家庭の事情と聞いている……？

そうか。あの担任は裕貴の休学について、そう報告したのか。裕貴を犯人扱いしないための配慮か、面倒事を避けるための方便か、それとも……。

応接室を出た後、裕貴が在籍していた一年四組の位置を確認し、それから佐伯は静鈴荘に戻ることにした。

正体の見えない悪意から、十六歳の島田裕貴は逃げるしかなかった。

親友のいる教室を去ることで、心を守ろうとした。

だとすれば佐伯がなすべきことはシンプルだ。悪意の正体を突き止め、真実を白日《はくじつ》の下に晒《さら》す。ただ、それだけのことで裕貴を救えるだろう。

夜、二人きりになったタイミングで、佐伯は北進高校で聞いた話を杏に報告した。

杏は佐伯から報告を受けている時、黙《もく》して語らないことが多い。

彼女は行き倒れていた自分を救い、住居と仕事を与えてくれた上司である。今日までの三週間を感謝していたし、単純に子どもたちから慕われる杏を尊敬してもいた。一日でも早く杏に認められたい。いつしかそんな願いも抱くようになった。

日中の出来事を報告し終えた後で、

「やっぱり教師って探偵みたいですよね」

ここ数日、ずっと考えていた言葉を、再び口にした。

「この前もそんなことを仰っていましたね」

どんな時でも、杏は優しい微笑を浮かべている。今日もそれは変わらない。

「子どもたちからしたら、大人なんて簡単に信用出来る存在じゃないじゃないですか。親ならともかく、教師になんてそうそう悩みを相談しないと思うんです。自分が子どもだった頃を振り返ってみても、悩みを教師に相談した記憶がほとんどありません」

「佐伯さんは、そういう若者だったんですね」

「はい。だけど今は立場が違います。俺は子どもたちを助けたい。裕貴の力になりたいと本気で思っています。頼まれてもいないのに余計なことをしやがってって、嫌がられることも考えたんですけどね。たとえ自分が嫌われても、裕貴が救われるならそれで良い。あいつを追い詰めたものが何なのか、やっと分かった気がします。だから……」

杏の目を真っ直《ま》ぐ《す》に見つめて、佐伯は告げる。

「俺は明日、教師として裕貴を救います」

6

その日は朝から、静鈴荘に裕貴の姿がなかった。

高校生クラスの教室で、詠葉、秀明《ひであき》、淳奈の三人に、本日の課題を配っていく。

「午前中は各自、この課題を進めること。俺は用事があって席を外すけど、午後には戻って来るから」

「午前は自習ってこと？」

嬉しそうに淳奈が尋ねてくる。

「そういうことだな」

「終わったら漫画を読んでても良い？」

「ああ。良いよ」

「やったぁ！」

「課題はやれよ。今日中に終わらなかったら居残りだからな」

「大丈夫だよ。このくらいなら私でも出来る。いってらっしゃーい」

軽快に告げて、淳奈は早速、鞄から漫画を取り出し始める。

「秀明。淳奈がサボっていたら注意してくれ」

「分かりました。きつく言います」

「感じ悪いなー。先生がいなくてもサボったりしないって」

「嘘ばっかり。いてもサボるのに、いなかったら真面目にやるわけないじゃん」

淳奈に睨まれ、秀明が目をそらす。

「酷いなー。私だって勉強する時はするもん」

まったく説得力のない台詞《せりふ》を吐きながら、淳奈は難しい顔で課題に向かい始めた。


島田裕貴は真面目な生徒だ。

静鈴荘に入校以来、遅刻したことも、欠席したこともない。そんな裕貴が欠席していたことで何かを察したのだろう。

自室に戻って荷物を取り、玄関に向かうと、詠葉が待っていた。

「どうした？　課題、足りなかったか？」

首が横に振られ、いつものメモ帳が差し出される。

『裕貴君に会いに行くの？』

まったくもって聡《さと》い子だった。

「ああ。あいつを助けてくるよ。やっと、その方法が見つかったんだ」

『先生なら出来るよ。頑張って！』

詠葉は笑顔で、そんなメッセージを差し出してきた。

見送りは良いと言ったのに、詠葉は外まで付いてくる。それから、佐伯が角を曲がって見えなくなるまで、門の脇に立っていた。

皆が言うように、詠葉は自分のことが好きなのだろうか。

隠してしまえる器用さを持たない、少女の想いがくすぐったい。しかし、同時に罪悪感も覚えてしまう。応えられない気持ちは苦しい。泣かせてしまうことになると分かっているからこそ、いつかの未来を思い、憂鬱《ゆううつ》になってしまう。

ただ、少なくとも今日、この瞬間に佐伯が考えなければならないことは、詠葉ではなく裕貴の未来だった。頭を振って、思考を切り替える。


バス通りの待ち合わせ場所には、既に彼の姿があった。

教師を待たせるわけにはいかないと、早めに家を出てきたのだろう。

敵《かな》わないなと思う。自分が十六歳の時には、絶対にこんな風に気は遣えなかった。

こいつが、こんなに良い奴が、理不尽に傷つけられて良いはずがない。

「裕貴、ちゃんと持ってきたか？」

「はい。大丈夫です」

裕貴は鞄の中から大きなサイズの封筒を取り出す。それは一昨日の夕刻、島田家で確認した模試の問題用紙だった。

「じゃあ、行こうか。ここからならバスだよな」

事件の真相が、悪意の正体が、当初はまったく分からなかった。

裕貴の話を聞いただけでは、何も解決しない。動き始めた佐伯が、最初に違和感を覚えたのは、戸川龍之介の家を二度目に訪ねた時のことだ。

インターフォン越しに話した彼が、インフルエンザだったにもかかわらず、前日、担任の野中靖子は、配布物を届けるために戸川家を訪れていた。家の中から出て来るところを、佐伯は詠葉と共に目撃していた。

龍之介は親が『日が暮れる前に帰って来ることはない』と言っていた。

彼が欠席を続けているのは、インフルエンザに罹患したからである。では、ほかの人にうつさないために学校を休んだ生徒の家に、どうして彼女は入ったのか。

考えられる可能性は二つ。龍之介が告げた病名が嘘だったか、インフルエンザに罹患している生徒に、それでも会わなければならない理由が彼女にあったか、だ。

考えにくいのは前者だ。休んだ理由を誤魔化したいだけなら、風邪とでも言っておけば良い。真夏にインフルエンザなんて単語を出す必要がないのである。恐らく龍之介は本当にインフルエンザにかかっていたはずだ。

だから一昨日、佐伯は龍之介に最後にもう一つ質問した。

「昨日、担任の先生が訪ねて来ているよね。家で何をしていたの？」

「俺、熱が下がらなくて寝込んでいたんです。親が遅くまで帰って来ないって、前に話したことがあったからかな。先生、食材と飲み物を買ってきてくれて、台所でお粥を作ってくれました」

深く考えなければ、良い話に聞こえないこともない。事実、弱っていた龍之介の目には、生徒を心配する優しい担任として映ったようだった。しかし、インフルエンザにかかって寝込んでいる生徒の家に上がり込むなんて、常識的に考えたら有り得ない愚行《ぐこう》だ。

常識の枠をはみ出した個人的な思惑が、見え隠れしている。そんな気がした。

その日の放課後、佐伯は裕貴の家も訪ねている。それは日中、龍之介に話を聞いたことで、担任の言葉を疑う必要があると感じたからだ。

島田家で確認したのは、裕貴がクラストップの成績を取ったという模試である。

問題用紙と解答を照らし合わせたことで、疑念はより深まることになった。問題用紙に書き込まれていた解答の正誤と、実際の正誤が違っていたからだ。

『担任に聞いたんです。裕貴が模試でカンニングをしていたって』

龍之介は野中靖子に、そう教えられていた。カンニングをしたから、裕貴がクラスでトップの成績を取れたのだと信じ込まされていたが、そんな事実はなかった。

裕貴はカンニングなんてしていない。右側のページも独力で解いており、計算の過程がしっかりと用紙に残っていた。

マークシートの一部分に読み取りエラーが発生した。そんなトラブルであれば理解出来ないこともない。しかし、実際には用紙の右側の問題にだけ、エラーが発生している。そんなことは偶然では絶対に起こり得ないだろう。

そこから導き出される推理は、シンプルなものだった。模試が終わり、マークシートが回収された後で、裕貴の解答用紙を誰かが書き換えたのだ。そして、そんなことを出来る人間が教師しかいないこともまた、自明の理だった。

球技大会において、チームリーダーである裕貴と龍之介がラメ入りの靴紐をつけることを、担任の野中は事前に知っていた。運営委員として走り回っていた裕貴に、靴紐を替える暇がないことも、裕貴の靴が教室に置かれていることも知っていた。

落ち込む裕貴を龍之介は焼き肉屋に連れて行ったが、店の予約をしたのも、お金を払ったのも、担任だった。

教室で起きた二つの決定的な事件。携帯電話と二枚のアルバムが龍之介の鞄から消えたのは、どちらも木曜日だ。二限に体育の授業があり、マナーモードを解除された携帯電話は、四限に鳴っている。紛失したCDが出てきたのは、お昼休みのことだ。

佐伯は北進高校で、野中靖子の勤務表を見せてもらっている。

木曜日の二限と四限に、野中は授業を担当していなかった。彼女が所属する数学課から一年四組へは、誰にも見つからずに移動することが出来る。仮に見られたとしたって、担任が自分の教室に入ることをとがめる者などいないだろう。

誰の目を気にすることもなく、彼女は体育の授業で空《から》になった教室に入ることが出来た。生徒の鞄を物色することも、彼女ならば容易に出来たのである。

しかし、問題は動機だった。裕貴に休学を進めたのは野中だ。復学に反対していたことから考えても、彼女が裕貴を教室から追い出そうとしていたのは間違いない。だが、何故、そんなことをする必要があったのか、それが分からない。

裕貴は自分が野中に嫌われているなんて、微塵《みじん》も思っていなかった。

クラス委員長として迷惑をかけた記憶もないという。

最後のピースがはまらない。動機だけが見えてこない。

それでも、詠葉と喋っていたタイミングで、佐伯は不意に、突拍子もない可能性に思い当たった。一つだけ、整合性を取れそうな可能性に思い当たってしまった。

そして、佐伯は昨日の夜、それを電話で裕貴に伝えていた。

午前十時、北進高校へと向かうバスの車中。

「どうだ？　何か思い出せたか？」

「はい。一つだけ」

佐伯と裕貴を除けば、車内には老年の夫婦が乗っているだけである。彼らは最前列に座っていたため、誰を気にすることもなく会話を続けることが出来た。

「ゴールデンウィーク明けだったかな。解けない問題があって、龍之介と二人で野中先生に質問に行ったことがあるんです。解き方を教えてもらった後で、似たような問題を渡されて、そのまま解いていたんですけど、ふと顔を上げたら、先生が龍之介のことを真剣な顔で見つめていて。それで、俺、その場で言っちゃったんです」

「先生、龍之介のことが好きなんじゃないのって」

「冗談のつもりでした。本気で思ったわけじゃなくて、軽口を叩いただけって言うか。だけど、先生、真顔で言葉に詰まっちゃって」

裕貴はその日の出来事を忘れていた。彼にとっては本当に、ただそれだけの話だった。

しかし、あの若い女教師にとっては違ったのかもしれない。

写真で見た龍之介は、精悍なルックスをしていた。裕貴同様、背が高く、運動神経が抜群で、数学の成績はトップクラス。淳奈が言った通り、主人公みたいな男だった。

一方、野中靖子は垢抜《あかぬ》けず、学生時代に遊んでいたようにも見えない、真面目そうな教師だった。大卒二年目の新人、誕生日が来ていても二十四歳である。

初めて担任を受け持った彼女は、少女漫画のヒーローみたいな少年に、八つ年下の生徒に、いつしか心を……。

「でも、それが図星で、癇に障ったんだとしても、何で俺を……」

裕貴と龍之介は中学をドロップアウトした淳奈ですら覚えているような二人組である。

「理由は二つあったんだと思う。野中は自分の恋心に気付いたのかもしれない裕貴に怯えていた。だから、追放してしまいたかった」

「もう一つは？」

「誰かを思い通りにしたいなら、弱っている時を狙うのが手っ取り早い。弱っている人間ほど、懐に入り込みやすい相手はいないからな。親友が消えれば心に穴があく。まして仲違《なかたが》いしたなら、どうなる？　思い出してみろよ。裕貴はどうした？　誰に頼った？」

新しく担任になった佐伯だ。親にも、龍之介にも話せなかった心の内を、裕貴は親身になって話を聞いてくれた佐伯に話した。

「裕貴が休学してから、クラス委員長は龍之介に代わったらしい」

邪魔者を消し、傷ついた龍之介の心を掌握する。それが彼女の目的だった。

「北進の教頭に連絡を取ってある。野中を呼び出して、教頭の前で悪事を暴露しよう」

親しくなった生徒が、静鈴荘から去るのは寂しい。

けれど、裕貴は自分に相応《ふさわ》しい場所で生きるべきだ。

「子どもの人生を壊そうとしたあの女を、俺は絶対に許さない」


「佐伯先生。ありがとう」

バスを降りると、小さな声で裕貴が告げた。

「俺、先生に話して良かった。誰に相談しても意味がないって思ってたけど、でも……」

「感謝するのは早いよ。まだ何も解決していない。模試の問題用紙が残っていたっていっても、でっち上げを証明するには弱い。身に覚えがないって言い張られたら、それまでだ。逃げられない状況を作って自白させるしかない」

「野中先生、認めてくれますかね」

「開き直った女は性質《たち》が悪いからな。まあ、心配するな。俺が何とかしてやる。濡《ぬ》れ衣《ぎぬ》を晴らして、裕貴を高校に戻す」

佐伯道成は戦うつもりだった。生徒を苦しめた罪深き女教師を、声高に弾劾するつもりだった。そのつもりで北進高校までやって来たのに……。

正門へと向かう坂道の途中で、二人の足が止まる。

桜並木の脇に、見覚えのある女が立っていた。

坂道の上から佐伯と裕貴を見つめていたのは、舞原杏だった。

7

最初に思ったのは、幻覚でも見ているんだろうかということだった。

今は授業中のはずである。佐伯が静鈴荘を出た時、杏は確かに小学生と中学生を教えていた。こんなところにいるはずがないのだ。

「何で杏先生がここに……。まさか後をつけていたんですか」

いや、自分で言っておいて何だが、そんなことは有り得ない。佐伯は門の外まで詠葉に見送られているからだ。あの時、近くに杏の姿はなかった。

「詠葉に頼んでいたんです。佐伯さんと裕貴が同時に教室からいなくなったら、教えて下さいって」

「それはどうして……」

杏はいつもの笑顔を湛《たた》えているのに、何処か悲しそうに見えた。

「佐伯さん。私は、あなたに自分で考えて欲しいと思っていました。フリースクールでどんな教師になるのか、あなた自身で答えを見つけて欲しかった。間違うこともあるでしょう。惑うこともあるでしょう。それでも、採用した以上、大抵のことは信じて、お任せするつもりでした。教師もまた、成長していく生き物だからです」

杏が何を話し始めたのか、佐伯にはまったく分からなかった。

「ただ、今日のことは報告して欲しかったです。子どもたちの未来を左右しかねない、重大な決定ですから」

「……分かりません。何を言っているんですか？」

「これから高校に乗り込むつもりですか？　裕貴の担任を捕まえて、彼女がやってきた行為を逐一《ちくいち》暴いて、ほかの教師たちの前で吊《つ》るし上げるつもりですか？」

「どうしてそれを……」

裕貴について知ったことを、佐伯は簡潔な言葉で日々、杏に報告していた。担任、野中靖子に会ったことも、親友、戸川龍之介と話したことも、裕貴の家で見つけた模試の偽装工作も、報告している。だが、その先で辿り着いた結論は伝えていない。

野中靖子が恋心に端を発する悪意で、島田裕貴を追い詰めたのかもしれないこと。それは、昨日の夜、一つの可能性として裕貴に話しただけだ。それなのに何故……。

「少し考えれば分かることです。あなたが辿り着いた結論に、どうして私が辿り着かないと思うんですか？」

だって自分の方が圧倒的に多くの情報を得ていたから……。

杏が裕貴の事情に興味を持っているのかすら、今日まで佐伯には分からなかった。高校生の問題は、すべて自分に任せるつもりなのだろうと、数分前まで考えていた。

「佐伯さん、あなたは間違っています」

杏の笑顔が、わずかに歪《ゆが》んだ。

そこで、ようやく気付く。その顔に張り付いているのはいつもの笑顔だが、今、杏は怒っているのだ。

「……俺の推理に矛盾があるってことですか？」

「そういう話ではありません」

「分からないです。何が言いたいんですか？」

「教師は探偵みたいだと、あなたは何度か言っていました。でも、違うんです。教師は探偵じゃありません。そんな簡単な仕事じゃないんです。真相を白日の下に晒せば、探偵の仕事は終わりです。罪を暴くだけで解決するなんて、そんなに楽なことはない」

その笑顔に、はっきりと悲哀《ひあい》の色が滲んだ。

「佐伯さん、覚えていて下さい。私たちの仕事は大抵の場合、真相を暴くだけでは何も解決しません。余計に深みにはまることだって珍しくはない。この仕事には正しい答えなんて存在しないんです。だから私たちは考えなくてはいけない」

「そりゃ、正しい答えなんてない場合もあるかもしれない。でも、今回は違う。答えはあったんです。杏先生だって真相に辿り着いたんでしょ？　だから授業を中断して、ここに来たんでしょ？　犯人がいるんです。悪意を持って裕貴を追い詰めた人間がいる。そいつを捕まえれば！」

憐《あわ》れむような眼差しで、杏は首を横に振った。

「いいえ、やっぱり、あなたは分かっていません」

「何が分かってないって言うんですか？」

「事件ならば真相はあるでしょう。でも、私たちの仕事は、それを暴くことではありません。教師の仕事は探偵じゃないんです」

「分からないですよ。じゃあ、どうしろって言うんですか！」

今、何故、自分が非難されているのか、佐伯にはまるで理解出来ていなかった。

感情を昂《たか》ぶらせる佐伯とは対照的に、穏やかな眼差しで杏は問う。

「佐伯さんが救わなければならないのは誰ですか？」

「裕貴です」

「その通りです。あなたの生徒は裕貴ですから、その回答で間違っていません。でも、完全な正解でもない。裕貴を救うためなら、ほかの生徒は犠牲になっても構いませんか？　自分が教えている生徒以外は、傷ついても構いませんか？」

「そんなわけないじゃないですか」

「ええ。そうですね。では、もう一度、考えて下さい。裕貴を救うために、彼の担任を弾《だん》劾《がい》したとして、戸川龍之介君が傷つくということはありませんか？」

「どういう意味ですか？」

「彼が担任に恋心を抱いている可能性がないと断言出来るのか、という意味です」

突きつけられたのは、想像もしていなかった問いだった。

「これは部外者である私たちが、その可能性に辿り着ける程度の話です。裕貴が休学した後、担任は龍之介君をクラス委員長に指名している。本当に彼が担任の気持ちに気付いていないと思いますか？　その可能性を少しも疑ったことがないと断言出来ますか？」

「……分かんないですよ。そんなこと」

「そうです。分からないんです。でも、可能性はある。龍之介君は既に担任の気持ちに気付いているのかもしれない。その上で、インフルエンザから完治していないと自覚しながら、彼女を家に招き入れたのかもしれない。仮にこの推測が正しければ、彼自身にも思うところがあるということでしょう」

「でも、だからって相手は教師ですよ。倫理的に許されない。龍之介の方はともかく、野中靖子はどう考えたってアウトでしょ。教え子に恋をするなんて……」

「今は彼女の話はしていません。真相を知った少年が、何を思うかが問題なんです。龍之介君が淡い想いを抱いていたとして、焦《こ》がれた女性が、裏で親友を追い詰めていたと知ったら、どう感じるでしょうか。抱く感情が怒りであるとは限らない。裏切られたと知り、自暴自棄になることも、失望で深く傷つくことも、卑怯《ひきょう》と知りながら彼女の味方につくことも考えられる。すべての問題は頭の中で始まるんです。だから教師は、あらゆる場面に備えて準備を整えておかなければならない。あなたにはそれが出来ていますか？」

言葉を返せない佐伯に杏は続ける。

「佐伯さん、私たちが救わなければならない生徒は、裕貴一人ですか？　裕貴が大切に思う親友も、私たちにとっての生徒に、広義の意味で含まれるとは思いませんか？」

分からない。佐伯には答えが分からなかった。

「教師は探偵じゃない。真相を暴けば終わりだなんて、そんな楽な仕事じゃないんです。佐伯さん。あなたが教務室に乗り込み、野中靖子が罪を認めたとして、その後、龍之介君は裕貴の友人に戻りますか？　野中靖子が犯した過ちを認めるなら、まだ良い。彼女が否定した場合、水掛け論が始まります。やった。やっていない。誰にも証明は出来ない。龍之介君は果たして、どちらを信じますか？　どちらを信じたいと彼は願うでしょうか？　彼が担任を信じようとした場合、裕貴は本当に救われますか？」

そんなこと、今ここで考えたって分かるはずがない。

「じゃあ……杏先生はどうしろって言うんですか」

「私たちの仕事は生徒の心に寄り添うことです。高校に乗り込むことではありません」

迷いのない顔で、杏はそう断言した。

「裕貴。教えて下さい。今、一番に望むことはなんですか？　あなたを傷つけた教師を弾劾することですか？　復学することですか？　静鈴荘で勉強を続けて大学に進学することですか？　それとも、友達と仲直りすることですか？　選べる答えは一つです。いつだって最初に選べる答えは一つしかない」

沈黙があった。

唇《くちびる》を真一文字に結んで、裕貴は長い時間、考え続けていた。

答えは一つだけ。最初に選べる答えは一つだけだと杏が言ったからだ。

そして、ようやく口を開いた裕貴が告げた答えは、

「友達に戻りたい。龍之介と仲直りしたいです」

担任を責めることでも、高校に戻ることでもなく、親友との仲直りだった。

「本当は休学なんてしたくなかった。でも、静鈴荘に通って分かったんです。勉強なんて自分が意志を失わなければ、何処ででも出来る。だから、別に高校に戻れなくたって良いけど、龍之介とは……。子どもの頃からずっと友達だったから……」

「分かりました。だとしたら、やはり裕貴が最初に向かうべき場所は、ここではないかもしれません」

穏やかな眼差しで杏が告げる。

「仲直りを望むなら、事態を大袈裟にする前に、当事者同士で話し合うべきです。物事というのは複雑になればなっただけ上手くいかなくなります。二人で話し合って下さい。今の裕貴なら、それが出来るはずです。違いますか?」

杏の言葉に対し、裕貴はゆっくりと、しかし、深く頷いた。

「インフルエンザなら今週は家で休んでいることでしょう。行って下さい。少なくともインターフォン越しには話せると思います」

「はい。……はい。そうしてみます」

8

佐伯と杏は同じ真相に辿り着いていた。

しかし、その先で二人が生徒に提示した道筋は、まったく異なるものだった。

この仕事に正解なんてない。真相を暴くだけでは意味がない。

教師は探偵なんかじゃない。そんなに簡単な仕事じゃない。

静鈴荘に戻るための車中、杏に告げられた幾つかの言葉が頭の中を回っていた。

バスに揺られる度に、敗北にも似た恥ずかしさで胸がぐらつく。

「佐伯さんは、これからも教師を続けたいと思っていますか」

前方の乗客が降り、二人きりになると杏が口を開いた。

「……はい。もちろん、そう思っています。自分が未熟なことは分かっていますけど、もっと成長していけたらって」

「そうですか」

「どうして、そんなことを聞くんですか？　俺が教師に相応しくないからですか？」

「他意のある質問ではありません。ただ、気になっていたことがあるんです。佐伯さんは静鈴荘の生徒を、かわいそうな子どもたちだと思っていますよね」

咄嗟に返す言葉が出てこなかった。

「私はそうは思っていないんです。彼らのことを、かわいそうだとは思わない」

「でも、普通の子どもたちと比べたら……」

「比べません。誰かを誰かと比べて評価したくないんです。あの子はかわいそうだから何とかしてあげたい。力になってあげたい。立派だと思います。ただ、かわいそうでなければ佐伯さんには助けてもらえないんですか？」

憐れむような眼差しで杏は佐伯を見つめていた。

「痛みを抱えているのは、目立つ子ばかりじゃないんです。教師の助けを必要としているのは、かわいそうな子たちだけではありません。隠れてしまう子がいます。不幸を上手に誤魔化して見せる子もいる。だから私たちは視力を鍛《きた》える必要があります。教師を続けるなら、それを覚えていて欲しい」

そうか。別に失敗を非難されていたわけじゃないらしい。

「分かりました。胸に刻みます」

杏は、これからも教師を続けるだろう自分に、彼女が大切だと考えている信条を教えてくれたのだ。

静鈴荘に通っているのは、きっと、もともといた場所で、教師に救われてこなかった子どもたちだ。

声にならない悲鳴を上げる子どもたちに気付ける教師。

舞原杏はそういう教師なのだろう。

静鈴荘近くのバス停までは、まだ、もう少しだけ距離がある。

「裕貴の母親、山形県の出身らしいです」

無言の時間が続くことが怖くて、佐伯はポツリと漏らしていた。

「裕貴が十一歳の時に、父親との離婚が決まって、母親はすぐに実家に帰ろうとしたらしいんですけど、引っ越し直前で思い留まったって言ってました」

「それは知りませんでした。どうして田舎に帰らなかったんですか？」

「裕貴が頼んだらしいです。龍之介と同じ中学校に通いたいって。同じチームでサッカーを続けたいって。それで、息子のためにこの街に残ることを決めた」

「そうだったんですね」

「故郷って何なんでしょうね。俺にはよく分からないや」

佐伯にも両親が暮らす故郷はある。だが、その街を飛び出してから、今日まで一度として帰りたいとは思っていない。

「杏先生には故郷がありますか？」

「話していませんでしたっけ。出身は新潟です」

「……そっか。詩季さんと同郷だったんですね」

杏は結婚して舞原に姓が変わった人間である。詩季は子どもの頃から東京で暮らしていたという話だし、てっきり杏も東京の人間なんだと思っていた。

「ええ。新潟市の西の方。海の近くに住んでいました」

「そっか。まあ、聞いても、よく分かんないけど。ご飯が美味しいというイメージがあります。杏先生も料理が上手ですし。時々、帰ったりしますか？」

「新潟にはもう四年、帰っていません」

「そうなんですね。それは静鈴荘が忙しいからですか？」

「私、絶縁されているんです」

　思わぬ事実を聞かされ、言葉に詰まってしまう。

「私の地元である新潟市には、名家が二つあるんです。一つは詩季さんの親族である舞原家、もう一つは千桜《ちざくら》家です。千桜一族のことはご存じですか？」

「えーと、瑠伽《るか》さんの苗字ですよね。確か静鈴荘にいる、もう一人の居候。俺は未だに見たことがありませんが……」

「じゃあ、説明した方が良いのかな。てっきり佐伯さんは両家のことを知っているものだと思っていました」

　どういう意味だろう。杏の故郷の話なんて誰からも聞いたことがない。

「千桜は私の旧姓なんです。瑠伽さんは、いとこにあたります」

「だから瑠伽さんって人も静鈴荘に暮らしているんですね。あれ、でも杏先生は絶縁されたって。それは……」

「千桜と舞原は犬猿《けんえん》の仲なんです。いや、そんな言葉じゃ生温《なまぬる》いのかな。もうずっと、何十年も醜《みにく》い争いを続けています。裁判でも、目に見えない場所でも。東桜《とうおう》医療大学って聞いたことがありますか？」

「はい。有名な医大ですし」

東桜医療大学は地方に誕生した最古の医学部だ。近隣の国立大学医学部よりも入学難易度が高い、日本海側で最高峰の大学である。

「千桜は東桜大を経営していて、大正時代より北信越地方の医局を牛耳《ぎゅうじ》ってきました。医療、保険、不動産経営が事業の根幹ですが、すべてで王様というわけでもないんです」

「同じ地域に舞原一族がいるからですか？」

「正解です。舞原は大正時代に鉄道の経営を始めた一族です。満州への最短経路に当たる新潟港と首都を結んだ上越線の運営に関わったことで、有数の財閥に成長しました。今や舞原は東日本の財界を支える盟主です。詩季さんは現頭首《とうしゅ》の実の息子に当たります」

「完全にお坊ちゃんじゃないですか。何となくそんな雰囲気は感じていましたけど。小説家なんてやっていて良いんですか？　それに杏先生が絶縁されたっていうのは……」

「詩季さんと結婚したからです。私は大学病院、学長の娘でしたので」

「杏先生も本家筋の人間だったってことですか？」

「千桜家の頭首は、父の兄です。瑠伽さんは父の弟の子どもで、そちらの家の三男坊に当たります。私は四人兄弟姉妹の末っ子で、上の三人が医者になったこともあり、教師になりたいという我儘《わがまま》を聞いてもらえました。どうせ嫁にいくんだから、好きにすれば良いという判断だったようです。跡目争いとは無縁でしたし、舞原の男性と結婚しても大丈夫だと思ったんですけどね。問答無用で絶縁されました。家族からも勘当されています」

縁を切られたという話をしているのに、杏は何処か楽しそうに語っていた。

この人、今、どういう心境で笑顔を浮かべているんだろう。

「大変だったんですね。詩季さんの方は大丈夫だったんですか？　千桜家のお嬢さんと結婚することに親族は……」

「千桜の婿《むこ》に入ったわけじゃないですから。それに、事情が少し込み入っていて、詩季さんは庶子なんです。異母兄弟が七人いると聞いたことがあります。そんな事情もあって昔から東京で暮らしていたみたいですね。私たち夫婦が故郷から遠く離れて暮らしている背景は、そんな感じです」

「何だか色々と複雑なんですね。じゃあ、瑠伽さんが静鈴荘にいるのは？」

「それはまた違う話です。違うというか、瑠伽さんは本当に無気力な人なので。三十も半ばだというのに、まだモラトリアム気分でいるんです」

人生の猶予《ゆうよ》期間を、長く満喫《まんきつ》しているということだろうか。

「あの人は逃げているだけなんですよ。才能からも、立場からも。だから単に都合が良かったんじゃないでしょうか。私たちなら告げ口も追い出すこともしないですから」

舞原杏、舞原詩季《まいばらしき》、千桜瑠伽。

三人は佐伯道成が過去に出会ったことがない、不思議な出自《しゅつじ》を持つ大人たちだった。

9

島田裕貴が静鈴荘を退校したのは、翌日、七月三十日のことだった。

あまりにも急な展開に全員が驚いていたし、裕貴に懐いていた、ひー君と大和は大きなショックを受けていた。しかし、別れの挨拶をした裕貴を引き留める者はいなかった。

裕貴が退校を決めたのは、静鈴荘が嫌になったからじゃない。高校に戻ると決めたからだ。戻れるなら、戻りたいなら、そうした方が良い。それが静鈴荘の教師と子どもたち、全員の共通認識だった。

佐伯が北進高校から引き返したあの後、裕貴は龍之介の家を訪ね、学校を休んでいた彼と何時間も話し合ったらしい。

事件の真相を聞いた直後、龍之介はしばらく黙り込んだという。

龍之介が担任に対して特別な感情を抱いていた場合、真相を認めず、野中の味方をするかもしれない。彼が仲直りを望むことはないかもしれない。

幾つかの可能性を浮かべながら、裕貴は祈るような思いで龍之介の反応を待つ。

幾許《いくばく》かの沈黙の後、返ってきた答えは「それが本当だったら先生を許せない」というものだった。

龍之介が担任のことを本当はどう思っていたのか。裕貴には分からない。ただ、嫌っていなかったことだけは確かだ。それでも、龍之介は迷うことなく裕貴と仲直りする未来を選び、正すべきことを正すと、そう決めた。

そして、その日のうちに、裕貴は復学希望の旨を伝えるために高校へと向かった。

夏休みの前の強制補習、最終日。

久しぶりに現れた裕貴を見て、教室には微妙な空気が広がった。

誰も言葉にはしなかったけれど、ほとんどの人間が裕貴を一連の事件の犯人と考えていたからだ。一年四組の教室には、いつの間にか、そういう空気が出来上がっていた。

しかし、ホームルームが始まると同時に、全員の注目を集めて龍之介が宣言する。

「俺の鞄から携帯電話を盗んだのも、CDを盗んで割ったのも、裕貴じゃなかった。犯人は別にいた」

突然、話し始めた龍之介を、担任、野中靖子は止めることが出来なかった。

睨むような眼差しで教室をグルリと見回してから、龍之介は宣言する。

「犯人が誰なのか、俺と裕貴は知っている。だけど、そいつの名前をこの場で言うつもりはない。責めるつもりもない。ただし、次にもう一度、何かをやったら、その時は今度こそ告発する。すべてを全員の前で暴露するし、校長や教頭にも報告する」

それは野中への脅しであると同時に、クラスメイトに対する閉幕宣言でもあった。夏休みは明日から始まる。次にクラスメイトと顔を合わせるのは一ヵ月後だ。大抵の出来事は、時間と共に風化する。きっと、九月になれば当たり前のような顔で、一年四組の日常が再開する。その時にはもう、居場所を失った少年など、何処にもいないに違いない。

ホームルームが終わった後で、裕貴は野中靖子に近付き、ほかの人間には聞こえない声で告げる。

「俺たちは全部知っている。あんたは教師失格だ」

吐き捨てるように告げ、裕貴は呼び止める野中の声を無視した。

これ以上、話すことはない。

警告はした。軽蔑も伝えた。もう一言だって、あんな女とは話したくなかった。

その日、裕貴と龍之介が選んだのは、そういう道だった。事件を公にせず、犯人に責任を求めないことで、平穏な高校生活を復活させる。それが二人の選んだ未来だった。

復学した日の翌日、裕貴はアルバイト前に静鈴荘に遊びに来てくれた。その隣には、龍之介の姿もあった。部活を休み、わざわざ一緒に顔を見せに来てくれたのだ。初めて見るその佇《たたず》まいは、裕貴と同様、まるで物語の主人公のようだった。

以前、静鈴荘に押しかけてきた安西という名の少女は、同級生だった淳奈に目もくれなかったが、龍之介は一目で気付き、嬉しそうに笑顔で話しかける。淳奈もまた恥ずかしそうに挨拶を返していた。

この尋常ではない爽《さわ》やかさが、新人教師を虜《とりこ》にしたのかもしれない。頬を赤くする淳奈を見つめながら、佐伯は一人、そんなことを思っていた。

裕貴と龍之介の口から一連の顚末を聞いた後で、佐伯は尋ねずにはいられなかった。

「どうして野中のやったことを誰にも話さなかったんだ？　龍之介が味方になってくれたんだから、二人で弾劾だって出来ただろ。憎くなかったのか？　あの女は何の罪もない学生を陥れたんだ。教師として許されることじゃない」

十六歳の二人が導き出した結論が、佐伯には理解出来なかった。

友情が戻れば、それで良いのか？

仲直りが出来たから、もう担任のことは許せたのか？

「実は教えてもらったんです。龍之介と話し合って、お互いへの疑念は晴れました。でも、それから、どうすれば良いかが分からなかった。だから杏先生に相談しました」

担任の自分ではなく杏に……。

「もちろん、俺だって許せなかったですよ。暴露したかったし、学校から出て行って欲しいとも思った」

そうだ。それが普通だろう。

犯人の目星がついた後で、佐伯はいかに彼女を弾劾し、ダメージを与えるかを考えた。だからあの日、教頭の前でその罪を告発しようとした。

「杏先生に言われたんです。何もしないことがベストだって。あの女なら龍之介の鞄から盗むことが出来た。カンニングを偽装することも出来た。でも、証拠はないんです。告発しても野中は認めない。泥沼の水掛け論になる可能性が高い。これ以上、最低な人間のために時間や気力を使う必要はない。龍之介に教室で無罪を宣言してもらって、野中には一言『全部知っているぞ』と釘を刺すだけで良い。それがベストだと言われました」

結果的に野中靖子は逃げ延びた。しかし、二人は親友に戻れたし、裕貴は復学を果たせている。

いや、野中が逃げ延びたと断ずるのも早計だろうか。これから先、彼女は二人の視線から逃げ続けなければならない。一度は憧れた少年と、自分が陥れた少年、二人の軽蔑の眼差しに晒されながら、己の醜さを自覚しながら、生きることになる。

裕貴の静鈴荘での担任は佐伯だった。一緒に過ごした期間は短かったけれど、裕貴は自分を信頼してくれていたし、佐伯自身も懐かれていると思っていた。しかし、裕貴と龍之介が最後にアドバイスを求めたのは杏だった。

杏なら自分たちにとって適切な答えを見つけてくれると、彼らは信じた。そして、その期待は多分、完璧《かんぺき》に正しかった。

静鈴荘の子どもたちは、男の子も、女の子も、小学生も、中学生も、高校生も、皆が杏を慕っている。杏がいるから、この場所に集っている。最初に与えられた世界から逃げ出すしかなかった彼らにとって、杏は教師であり、母でもあるのだ。

『教師は探偵じゃありません。そんな簡単な仕事じゃないんです』

あの日、杏に告げられた言葉が、今日も頭の中で回っている。

彼女の言葉は正しかった。真実を突き止めることなど前座に過ぎなかった。すべてを理解した上で、子どもたちのために何をするのか。どうすれば子どもたちが本当の意味で救われるのか。それを考えることが教師の仕事だった。

今日も杏は教室で笑っている。

再び十一人に戻った静鈴荘の子どもたちを、楽しそうに教えている。

いつか自分も杏のような教師になれるだろうか。

願いとは裏腹に、今はまだ、佐伯道成にはそんな未来を描けそうになかった。

エピローグ

静鈴荘《せいりんそう》に夏休みはない。

学ぶという行為が、児童・生徒自身の意志に委《ゆだ》ねられているからだ。

通学生の中には、エリカや努《つとむ》のように、校長の許可をもらって、静鈴荘での出席日数を所属学校に申請している者もいるが、代替措置を取れるのは中学生までである。

静鈴荘に三年間通っても、高卒の資格は得られない。だから詠葉《うたは》や秀明《ひであき》は同等の資格が得られる国家試験、大学入学資格検定を受験しようとしている。

土曜日や日曜日も静鈴荘の門は開いている。

カリキュラムとしての授業こそないものの、生徒が望む限り、舞原杏《まいばらあんず》は何時間だって子どもたちと向き合っている。

一九九九年、八月一日。日曜日。

「佐伯《さえき》さん、お酒を飲まれる方でしたよね」

昼食後、杏に意外な質問をされた。

「普段は飲みませんけど、下戸《げこ》ではないです」

「では、今日の夜、飲みに出掛けませんか？」

「え……。俺と杏先生がですか？　詩季《しき》さんも？」

「出掛けることは伝えますが、詩季さんはお忙しい方ですから誘いません。佐伯さんが静鈴荘にやって来て、今日でちょうど一ヵ月です。そろそろ、きちんと今後のことを話したいと思っていたんです」

「ああ……。はい。構いませんけど」

「子どもたちの夕食が終わってからになるので、九時くらいに出発でも良いですか？」

「俺は何時でも」

「駅前の居酒屋で、秀明の姉がアルバイトをしているんです。一度、行ってみたいと思っていたので、今日はそこに」

「秀明のお姉ちゃんって、去年まで静鈴荘に通っていたんでしたよね」

「はい。ご紹介しますよ」

舞原杏は聡明《そうめい》な人だ。気配りが出来て、目敏《めざと》く、誰に対しても諦《あきら》めの姿勢を見せない。

しかし、何故か時々、佐伯は「怖い」と思うことがある。

今後のことを話したいというのは、どういうことだろう。

島田裕貴《しまだゆうき》の問題を最終的に解決したのは杏だが、彼が復学に至れたのは、佐伯の奮闘に依《よ》るところが大きいはずだ。パートナーとして杏は自分のことを認めてくれたのかもしれない。そういう話だったら良いなと思った。


裕貴が退校し、高校生クラスの生徒は、再び三人に戻った。

瀬戸内バスジャック事件の被害者で、緘黙症を患う、学年で言えば二年生の三好詠葉《みよしうたは》。

裕貴と同級生だったこともある、勉強嫌いで漫画が大好きな一年生、岡本淳奈《おかもとじゅんな》。

何処か人を見下すような態度が鼻につく一年生、高塚秀明《たかつかひであき》。

三人の関係は、佐伯が担任に就任した時から変わらず淡泊である。

女子二人が仲良しということもないし、秀明は中学生の男の子たちとも馴《な》れ合《あ》わない。

「あの子が秀明のお姉ちゃんですか？」

午後九時過ぎ、杏に連れられて入った居酒屋は閑散としていた。

自分たちのほかには二組の客がいるだけであり、経営者と思《おぼ》しき老夫婦を除けば、従業員は一人しかいない。

「そうです。紹介しますね。美佐絵《みさえ》！」

杏に呼ばれ、エプロン姿の女の子がやって来る。

「杏先生！　お久しぶりです。来てくれて嬉しい」

「元気そうで安心しました。大学はどうですか?」

「楽しいです。あんまり友達は出来てないけど、でも、凄く楽しい」

「そうですか。それは良かった」

彼女は静鈴荘に通いながら大検を取り、今年の春、医学部の看護科に進学した学生である。静鈴荘のアルバイト、亮子《りょうこ》と同い年なはずだが、美佐絵の方があどけなく見えた。

「こちらは佐伯道成《さえきみちなり》さん。今は秀明の担任をしてもらっています」

「弟がお世話になっています。大変じゃないですか? あいつ、プライドが高いから」

「さすがはお姉さん。よく分かってらっしゃる」

「実力も根気もないのに、昔からプライドだけは高いんですよね。あの子、医者になるって言ってるって聞きましたけど、本当ですか?」

「本人はそう言ってるね」

「絶対に無理ですよね。私大に通うお金なんてないし、国立はまず不可能でしょ」

彼女の言葉は、正鵠《せいこく》を射るものだった。

中学一年生から静鈴荘に通う秀明の学力は、今のところ平均的な高校一年生よりも劣っている。まだ時間があるとはいえ、国立の医学部を目指すのは、正直、無謀だろう。

「まあ、本人が頑張る限りは応援するよ」

「あいつの言葉は、あんまり鵜呑《うの》みにしなくて良いと思いますよ。ころころと意志が変わる奴ですから。医者になるって言ってるのは、私が看護科に進んだからなんです。妙に対抗心を燃やしてくるんですよね。医学科に進めば勝ちだとでも思ってるんだろうけど、私と争って何がしたいんだろう」

友達らしい友達がいない秀明にとって、家族の存在はとても大きい。だから分かりやすく姉よりも評価されそうな道へ進もうとしている。恐らくは、そんなところだ。

「あ、注文はどうします？　佐伯さんは？」

「私はビールを。」

「俺も同じものを。杏先生がお酒を飲むって何だか新鮮です」

「子どもたちの前では酔えないですから」

「問題児も多いですしねー」

苦笑いを浮かべながら、美佐絵が告げる。

「そうだ。詩季さんは元気にしていますか？」

「変わらないですよ。いつもの通りです」

「詩季さんにもうちの店に遊びに来て欲しいな」

「伝えておきます」

「来てくれたら、女将《おかみ》さんたちのために高い料理から順に注文してもらおう。じゃあ、ビールとお通しを取ってきますね」

「驚きました」

美佐絵が厨房《ちゅうぼう》に消えてから、杏に告げる。

「彼女、秀明と全然似ていないですね。凄く普通の子に見えました。あんな子がどうして登校拒否になったんだろう。秀明の方は想像がつきますけど」

「そうですね。二人の事情はまったく違います。美佐絵は中学校でいじめられていたんです。言葉にするのもはばかられるようないじめを受けていました」

「良い子なのに、どうして……」

「優等生だったからです。優しくて、真面目で、勉強も出来て、それが鼻につくって。影響力のある子に目をつけられて、追い詰められた。集団生活の中では珍しい話じゃないでしょう？　何一つ悪くないのに攻撃の対象になってしまう」

「彼女はいつから静鈴荘に通っていたんですか？」

「最初に会ったのは十五歳の時ですね。それから三年半、通ってくれました。良い子でしたよ。佐伯さんが言うように、本当に良い子だった」

美佐絵がビールを運んできたことで、会話が中断する。

人生というのは、とても難しい。

佐伯だって今日までの日々で、嫌になるほど思い知っている。

本当は世界の至るところに潜《ひそ》んでいた棘に、最初に気付いたのはいつだっただろう。

佐伯には酒を飲む習慣がない。大学生の頃、バイト先の歓送迎会で、何度か居酒屋に入ったことがあったが、味の良《よ》し悪《あ》しは分からなかった。それは今日も変わらない。運ばれてきた生ビールを杏は美味しそうに飲んでいるが、佐伯は美味いとも、まずいとも思わなかった。ただ、嫌ではなかった。大学生の頃の飲み会は苦痛でしかなかったのに。今日だって別段、弾《はず》む話があるわけでもないのに、何だか妙にハイな気分だった。

今、自分はこの場を凄く楽しんでいるのだろう。二杯目のビールを飲み干した後で、佐伯はそれを自覚した。

杏は佐伯よりも六歳、いや、学年で言えば七歳も年上の女性だ。活力があり、魅力的な人ではあるけれど、あくまでも上司であり、普段、抱くのは畏怖《いふ》のような感情ばかりである。それなのに今日は……。

ああ、そうか。多分、自分は今、嬉しいのだ。

裕貴の力になることが出来た。初めての生徒を、きちんと正しい道へと導けた。

それが嬉しいから、裕貴が復学出来たことに心が跳ねているから、味もよく分からないのに、酒が進む。こんなに楽しい酒の席は初めてだった。

店内に残っている客は、杏と佐伯を入れても三人だけになっていた。入り口付近の席に、こちらに背を向けて食事をしている男がいるだけで、店員は三人ともフロアから姿を消している。厨房で後片付けでもしているのだろう。

そろそろお開きだろうか。佐伯がそんなことを考え始めた頃。

「今日はお酒に付き合って頂き、ありがとうございました。二人だけで話がしたいと思っていたので良い機会になりました」

「俺も色々と話が聞けて良かったです。何だろう。俺は未熟者ですけど、静鈴荘で頑張っていきたいので、これからも……」

佐伯の話を制するように、杏が軽く手を上げた。

「先に私の話を聞いてもらっても良いでしょうか」

「はい。もちろん。何でしょう」

「私、佐伯さんのことを不思議な人だなって思っていたんです」

「そうですか？　俺なんて何処にでもいる普通の男ですよ」

「一ヵ月前、佐伯さんは緑道で倒れていましたよね。そこに私と詠葉が通りかかった」

「恥ずかしい話です。でも、あの日、二人に会えて良かった。本当に感謝しています」

「あの日、あなたに駆け寄ったのも、肩を揺すったのも、詠葉でした。けれど、目を開けたあなたは、詠葉ではなく私を見つめてきた。あれってどうしてだったんでしょう」

「よく覚えてないですけど、杏先生が大人だったからじゃないでしょうか」

「そうですよね。私もそう思っていました。ただ、もう一つ、不思議なことがあったんです。三日間、公園の水しか飲んでいなかったという話でしたし、実際、あなたはやつれているように見えました。でも、おかしいんです。あんなに暑い日が続いていたのに、佐伯さんからは汗の匂いがしなかった。食費を削って銭湯に行っていたんですか？」

杏の表情はいつもと変わらない。薄い微笑がその顔に張り付いている。

「答えは不要です。少し話を聞いてもらいたいだけなので。佐伯さんと出会う二ヵ月ほど前に、私は八王子駅で行き倒れていた亮子さんを拾いました。それから、お金がないというので、授業を手伝ってもらうことにしました。不思議ですよね。こんな短期間に似たような事例が二回も起きるなんて。でも、その疑問はすぐに解消しました。あなたが教師だったと告げたからです。あなたは亮子さんのことを知っていて、真似《まね》をしたんじゃないですか？　初めから静鈴荘に居候するつもりで、行き倒れを演じて見せた。最初から詠葉が話せないことを知っていたから、会話の相手となるだろう私を見つめた」

舞原杏は自分のことを、ずっと観察していたのか？

そして、最初から、それに気付いていた？

「佐伯さん、中高一貫校の教師だったという話は嘘ですよね。指導を見る限り、アルバイトくらいは経験していた可能性が高そうですが、学校教育の現場にいたとは思えません」

「……どうして、そう思うんですか？」

「静鈴荘にやって来た初日から、『登校拒否』という言葉を使っていたからです。年間三十日以上を欠席した児童・生徒を指す言葉を、文部省は今年度より『不登校』と改称しました。つい最近の話ですから、春まで中高一貫校で働いていたのであれば、知らないのは不自然です。癖《くせ》で使っているのかなとも考えたんですけど、直後に私が訂正しても呼び方を変えなかったので、単に知らないんだろうなって」

今年から『登校拒否』という言葉は使われなくなった？　そんな話……。

「もう一つ、佐伯さんは子どもたちのことを『学生』と呼びますが、学校教育法では小学生は『児童』、中学生と高校生は『生徒』です。『学生』は高等教育を受けている人間を指す言葉なんです。ご自身の最終学歴が大学だから、耳慣れた学生という言葉ばかりを使ってしまったんでしょう。ただ、教員免許を持っていれば知らないはずがありません。あなたに学校教員の経験がないことは最初から分かっていました。矛盾《むじゅん》をさらにつくなら、裕貴に実家が市営団地だったと話していましたが、共働きの高校教師であれば、年収の関係で入居条件を満たせるとは思えません。市営団地で暮らしていたという話か、両親が共に高校教師だったという話のいずれかが嘘です。恐らくは後者でしょう」

佐伯に市営団地で暮らしていた過去があるのは本当である。杏の推理は正しかった。ただ、話を

「あなたはどうしても静鈴荘で働きたかったから、バックボーンを創作した。

作り込み過ぎたせいで墓穴《ぼけつ》を掘ってしまいましたね」

「そんな風に思っていたのなら、どうして今日まで俺を……」

「教師ではない人間が、教師と偽って静鈴荘にやって来た。その理由は何だろうって、ずっと考えていたんです。出会いの場面から考察するに、あなたが亮子さんと詠葉について知っていたことは間違いありませんから、静鈴荘のことを十分に調べた上で、私たちの前に現れたと考えられます。では一体何が目的だったのか」

必死で動揺を抑える佐伯とは対照的に、杏の調子は平素と変わらなかった。

「福井県の出身と言っていましたが、イントネーションからそれも嘘だと推測します。『イチゴ』や『椅子』と言った単語には通常、抑揚《よくよう》が発生しません。しかし、佐伯さんは単語の頭にアクセントを置いていました。あなたが『イチゴ』と言う度に、子どもたちが笑っていたのもそれが原因です。以上の事実から何が判明するか分かりますか？」

首を横に振る。

「あなたが福井県ではなく、私たちと同じ新潟県の出身ということです。と言っても、詩季さんは東京暮らしが長いですし、私は新潟の方言について勉強したことがあったので、引っ越して以降はイントネーションに気をつけています」

そうか。だからあの時、子どもたちは『亮子先生みたい』と言ったのだ。新潟から上京したばかりの彼女だけが、自分と同じイントネーションだった。

「佐伯さんが出身地を偽装したのは何故なのか。最初に考えたのは、千桜《ちざくら》家か舞原家に依頼を受けて、私、詩季さん、瑠伽さん、いずれかの調査をおこなっているのではということでした。しかし、あなたは日々、生徒と真剣に向き合っていました。丁寧に準備をし、反省もしながら、良い教師になろうと努力をしていた。静鈴荘を壊しに来たようにも、私たちを調査しているようにも見えなかった。先日、私が千桜の人間であることに驚いていましたよね。あの反応が演技だったようにも見えませんでした。ひー君の関係者である可能性も考えましたが、それもどうやら違うようだった」

雑談でもするように穏やかな口調で、彼女は続ける。

「実は調査会社に依頼していたんです。新潟県に佐伯道成という二十五歳の男がいたかを調べてもらいました。でも、そんな人間は見つからなかった。そこで次の確信が生まれました。あなたは出身地や職業だけでなく、名前も偽っている。どうでしょう。ここまで私の推理は間違っていますか？」

答えられなかった。すべてを言い当てられていることもあるが、話を聞く限り、杏は出会ってすぐに、ほとんどの嘘に気付いていたということになる。その上で、ずっと、あの微笑を湛えていた。教師だったと騙《かた》る自分を雇い、泳がせていた。

「最初から疑っていたなら、どうして俺を静鈴荘で働かせたんですか？」

「困っているのなら助けたいと思ったからです。動機に悪意を感じ取っていれば、追い出していました。でも、あなたは毎日、本気で子どもたちと向き合っていた。私は感謝しているんです。そして、だからこそ、早くあなたの目的を突き止めたかった」

「……それで、何か分かったんですか？」

「最初のきっかけは、亮子さんの詩歌の授業です。子どもたちが現代の歌姫について議論していた日がありましたよね。あの日、大和《やまと》があなたに最初に買ったＣＤは何かと尋ねました。そして、あなたはこう答えた。近所にレコード店がなかったから、中学の修学旅行でブルーハーツの『青空』を買った、と」

確かにそんなことはあった。だが、それで何が分かるというのだ。

「兄がブルーハーツのファンだったので、私はリリースされた時期を覚えています。佐伯さんは大卒三年目の二十五歳ですから、中学二年生の秋に修学旅行があったとすれば、それは一九八八年の出来事です。仮に修学旅行が三年生に実施されていたとしても、一九八九年の春でしょう。ですが『青空』は一九八九年六月二十一日に発売された曲です。思い出を虚飾する理由がありませんから、修学旅行で買ったという話は本当でしょう。恐らく正しい事実関係はこうです。あなたは大卒二年目の二十三歳か二十四歳であり、中学二年生の秋に実施された修学旅行で、数ヵ月前にリリースされたＣＤを購入した。話に矛盾が生じたのは年齢を偽っていたからです。嘘ばかりなんですよ。あなたは名前も、出身地も、年齢も、職業も、あの日、私たちと出会った理由も、すべてを偽っています」

嘘をついていると断言したにもかかわらず、杏は怒っているように見えなかった。その顔に張り付いているのは、いつもの微笑である。

「いつでも出て行けるように、名前や出身地を偽った。最初はそう考えましたが、年齢まで偽る必要は感じません。それで思ったんです。年齢から自分の正体を推察される可能性を危惧《きぐ》したんじゃないかって」

「……正体を推察？」

「ええ。佐伯道成という男は、私たちが知っている人物なのかもしれない」

「何ですか、それ。知りませんよ。俺は……」

「観察していたんです。ずっと、私はあなたのことを観察していた。だから、最初から気付いていましたよ。あなたは生徒たちの中でも、詠葉のことを特に気に掛けている」

「それは高校生クラスの担任を任されたからです。それ以上の理由なんて……」

「詠葉はあなたに対して特別な感情を抱いているようです。だけど、順番が違う。あなたは詠葉に好かれていることに気付いて、彼女を気にし始めたわけじゃない。静鈴荘へやって来た初日から、ずっと、詠葉のことを気にしていました。突然現れた男が、詠葉を気にする理由、私には一つしか思い当たりません」

そう言って、杏は鞄から一冊の本を取り出す。

テーブルの上に置かれたのは、彼女の夫が書いた『残夏《ざんか》の悲鳴』だった。

「舞原《まいばら》詩季《しき》と三好詠葉、静鈴荘には瀬戸内バスジャック事件の被害者が二人暮らしています。あなたは二人に会いに来たんじゃないですか？」

杏がテーブルに置いた『残夏の悲鳴』は、付箋《ふせん》だらけになっていた。

「この本を読んだことがありますね？」

「……ひー君に借りたので」

「静鈴荘にいらっしゃる前にも読んでいますよね？」

目を逸らして、首を横に振ったが、

「職業柄《がら》、嘘を見抜くのが上手いんです。私のことは騙《だま》せませんよ。あなたはこの本を読んだから、静鈴荘にやって来たんです。警察が初動の捜査で時間を浪費したことが痛手となり、瀬戸内バスジャック事件は迷宮入りとなりました。日本犯罪史上最大規模の未解決事件です。マスコミは連日騒ぎ立て、薄弱な根拠で濡れ衣を着せられる人間が後を絶たなかった。運転手や車中で犯人の手先となった詠葉を、共犯者と疑う声も根強くあった。しかし、根拠なき弾劾は、この本によって絶たれました。あの日、バスの中で本当は何が起きていたのかを、人質となっていた小説家が解き明かしたからです。犯人はたった一人の乗客でした。それを詩季さんは『残夏の悲鳴』で論述して見せた。作中で犯人は断定されていません。ただ、誰よりも疑いの目を向けられていた運転手と詠葉が犯人でないことだけは、この本の中で証明されました。詩季さんは小説で詠葉たちを救ったんです」

それは何となくそうなんだろうと思っていた。小説の体裁をとっているとはいえ、『残夏の悲鳴』は告発本だ。本に傷ついていたなら、詠葉は静鈴荘で暮らしていない。

「詩季さんは犯人を架空の人物に設定しています。しかし、小説と当時の資料を照らし合わせれば、犯人と成り得る人間がそう多くないことも分かる。『残夏の悲鳴』がベストセラーになった後で、マスコミは改めて犯人捜しを始めました。乗客の中には十代の若者もいたのに、歪んだ正義感に駆られたマスコミの暴走は止まらなかった。エスカレートしていく取材が問題となり、逮捕者が出たことで自主規制的に報道は沈静化しましたが、すべての乗客が一度は週刊誌に写真を掲載されています」

杏が次に鞄から取り出したのは一冊の週刊誌だった。

「事件から四年間、犯人は女性であると信じられてきました。詠葉と運転手がそう証言していたからです。しかし、その前提は『残夏の悲鳴』で白紙に戻された。人質となっていた乗客の荷物と靴は、すべて瀬戸内海に捨てられています。犯人は変装していた可能性がある。当時から百八十センチ近い身長があった詩季さんはともかく、ほとんどの乗客は暗闇の中で性別を偽装出来たんです。証拠品を隠滅することも出来た。犯人が事件の間、一度も肉声を発していないことも、その推理を補強しています」

付箋が貼《は》られたページが開かれ、杏は一人の少年を指差す。

「倉永道成《くらながみちなり》。彼は当時、十三歳の中学二年生でした。詠葉の次に若い乗客だった」

六年前の白黒刷りの週刊誌である。望遠で取られた写真は粗《あら》いが、顔は判別出来た。

髪型も違うし、雰囲気もまるで違う。ただ、写真の少年は佐伯と同じ目をしていた。杏はその少年が成長した佐伯であると確信しているのだろう。

「一ヵ月前、あなたは偶然、あの場所で行き倒れていたわけじゃない。『残夏の悲鳴』を書いた舞原詩季について調べ、彼が住む家に、事件のもう一人の被害者、三好詠葉が暮らしていることに気付いたのでしょう。そして、彼女が緘黙症を患い、声を失っていることも知ってしまった。だから、ここへやって来た」

「……俺もあの事件の被害者だから」

「違います。ただの被害者なら、名前も年齢も偽る必要はありません。あなたは十年前のあの日、自分もあのバスに乗っていたことを知られたくなかったんです。だから沢山の嘘をついた。嘘に嘘を重ねた上で、詠葉に近付こうとした」

「俺が何でそんなことをしなきゃいけないんですか」

「知りたかったんでしょう？　十年前に自分が傷つけた少女のことを。自分が声を奪ってしまった少女が、今、どうやって生きているかを」

こんな時でも舞原杏の顔に浮かぶ表情は変わらない。

優しい、とても優しい微笑。

まるで審判の始まりを告げるように、透き通った声で。

「佐伯道成さん、あなたが瀬戸内バスジャック事件の犯人ですね」

『世界で一番かわいそうな私たち　第二幕』に続く

本書は書き下ろしです。

講談社
タイガ

〈著者紹介〉

綾崎 隼（あやさき・しゅん）

2009年、第16回電撃小説大賞選考委員奨励賞を受賞し、『蒼空時雨』（メディアワークス文庫）でデビュー。「花鳥風月」シリーズ、「ノーブルチルドレン」シリーズ、「君と時計」シリーズなど、人気シリーズを多数刊行している。近著に『レッドスワンの飛翔』（KADOKAWA／アスキー・メディアワークス）がある。

世界《せかい》で一番《いちばん》かわいそうな私《わたし》たち
第一幕《だいいちまく》

2019年1月21日　第1刷発行　　　定価はカバーに表示してあります

著者……………………………綾崎《あやさき》 隼《しゅん》

発行者…………………………渡瀬昌彦

発行所…………………………株式会社 講談社
〒112-8001 東京都文京区音羽2-12-21
編集03-5395-3506
販売03-5395-5817
業務03-5395-3615

本文データ制作………………講談社デジタル製作
印刷……………………………豊国印刷株式会社
製本……………………………株式会社国宝社
カバー印刷……………………株式会社新藤慶昌堂
装丁フォーマット……………ムシカゴグラフィクス
本文フォーマット……………next door design

ISBN978-4-06-514303-2　N.D.C.913　276p　15cm

講談社
タイガ

君と時計シリーズ

綾崎 隼

君と時計と嘘の塔

第一幕

イラスト
pomodorosa

大好きな女の子が死んでしまった——という悪夢を見た朝から、すべては始まった。高校の教室に入った綜士《そうし》は、ある違和感を覚える。唯一の親友がこの世界から消え、その事実に誰ひとり気付いていなかったのだ。綜士の異変を察知したのは『時計部』なる部活を作り時空の歪みを追いかける先輩・草薙千歳《くさなぎちとせ》と、破天荒な同級生・鈴鹿雛美《すずかひなみ》。新時代の青春タイムリープ・ミステリ、開幕！

講談社
タイガ

君と時計シリーズ

綾崎 隼

君と時計と塔の雨

第二幕

イラスト
pomodorosa

愛する人を救えなければ、強制的に過去に戻され、その度に親友や家族が一人ずつ消えていく。自らがタイムリーパーであることを自覚した綜士《そうし》は、失敗が許されない過酷なルールの下、『時計部』の先輩・草薙《くさなぎ》千歳《ちとせ》と、不思議な同級生・鈴鹿《すずか》雛美《ひなみ》と共に、理不尽なこの現象を止めるため奔走を始める。三人が辿り着いた哀しい結末とは!?　新時代のタイムリープ・ミステリ、待望の第二幕！

講談社タイガ

君と時計シリーズ

綾崎 隼

君と時計と雨の雛

第三幕

イラスト

pomodorosa

大切な人の死を知る度に、時計の針は何度でも過去へと巻き戻る。「親友や家族が世界から消失する」というあまりにも大きな代償とともに。幼馴染の織原芹愛《おりはらせりあ》の死を回避したい杵城綜士《きじょうそうし》と、想い人を救いたい鈴鹿雛美《すずかひなみ》だったが、願いも虚しく残酷な時間遡行《そこう》は繰り返される。雛美が頑《かたく》なにつき通していた「嘘」、そしてもう一人のタイムリーパーの存在がループを断ち切る鍵となるのか!?

講談社タイガ

君と時計シリーズ

綾崎 隼

君と時計と雛の嘘

第四幕

イラスト

pomodorosa

織原芹愛《おりはらせりあ》の死を回避できなければ、杵城綜士《きじょうそうし》は過去へと飛ばされる。その度に「親友や家族が世界から消失する」という大き過ぎる代償をともなって——。無慈悲に繰り返される時間遡行《そこう》を断ち切るために、綜士と芹愛は『希望と言い切るには残酷に過ぎる、一つの選択肢』の前で苦悩する。鈴鹿雛美《すずかひなみ》がつき続けた嘘と、隠された過去とは……。衝撃のラストが待ち受ける待望の完結篇!

講談社
タイガ

乙野四方字

ミウ
-skeleton in the closet-

イラスト
カオミン

就職を前に何も変わらない灰色の日々。あたしは何気なく中学の卒業文集を開き、『母校のとある教室にいじめの告発ノートが隠されている』という作文を見つける。それを書いた元同級生が自殺したと知ったあたしは、その子のSNSのパスワードを暴いてログインし、その子の名でSNSを再開した。数日後、別の元同級生が謎《なぞ》の死を遂げる。灰色の日々に、何かが始まった——。

講談社タイガ

恩田 陸

七月に流れる花

イラスト
入江明日香

六月という半端な時期に夏流《かなし》に転校してきたミチル。終業式の日、彼女は大きな鏡の中に、全身緑色をした不気味な「みどりおとこ」の影を見つける。逃げ出したミチルの手元には、呼ばれた子どもは必ず行かなければならない、夏の城——夏流城《かなしろ》での林間学校への招待状が残されていた。五人の少女との古城での共同生活。少女たちはなぜ城に招かれたのか？　長く奇妙な夏が始まった。

講談社
タイガ

望月拓海

顔の見えない僕と嘘つきな君の恋

「君は運命の女性と出会う。ただし四回」占い師のたわごとだ。運命の恋って普通は一回だろう？　大体、人には言えない特殊な体質と家族を持つ僕には、まともな恋なんてできるはずがない。そんな僕が巡り合った女性たち。人を信じられない僕が恋をするなんて！　だけど僕は知ってしまった。嘘つきな君の秘密を――。僕の運命の相手は誰だったのか、あなたにも考えてほしいんだ。

《最新刊》

世界で一番かわいそうな私たち
第一幕

綾崎 隼

傷を抱えた子どもたちが暮らす、みんなの学校〈静鈴荘〉。新米教師の佐伯道成は、生徒が不登校になってしまった原因を探ろうと奔走するが。

虚構推理

城平 京

虚構の真実を求め、すべてはここから始まった。シリーズ200万部！本格ミステリ大賞受賞のミステリ×怪異譚、待望のアニメ化決定！

魍魎桜
よろず建物因縁帳

内藤 了

ゾンビ化した人柱が発掘され、近辺では老婆の怨霊が住民を憑き殺す事件が多発。曳き屋・仙龍の提案した解決方法は予想もしないもので。

神様のスイッチ

藤石波矢

この街に降り積もる小さな偶然を、僕たちは奇跡と呼ぶんだ——。『今からあなたを脅迫します』の新鋭が描く、たった一夜の奇跡の物語！